东游西荡

Fooling Around

大头马 著

中信出版集团 | 北京

图书在版编目（CIP）数据

东游西荡 / 大头马著. -- 北京：中信出版社，2022.10
ISBN 978-7-5217-4729-4

Ⅰ.①东… Ⅱ.①大… Ⅲ.①游记—作品集—中国—当代 Ⅳ.①I267.4

中国版本图书馆CIP数据核字（2022）第166297号

东游西荡

著　　者：大头马
出版发行：中信出版集团股份有限公司
　　　　　（北京市朝阳区惠新东街甲4号富盛大厦2座　邮编　100029）
承　印　者：北京盛通印刷股份有限公司

开　本：880mm×1230mm　1/32　印　张：9.5　字　数：182千字
版　次：2022年10月第1版　　　　印　次：2022年10月第1次印刷
书　号：ISBN 978-7-5217-4729-4
定　价：59.80元

版权所有·侵权必究
如有印刷、装订问题，本公司负责调换。
服务热线：400-600-8099
投稿邮箱：author@citicpub.com

自序
Preface

冒险
刚刚开始

↓

在幻想中徒步的同时，

我枯坐于人间，

为日复一日的谨小慎微百无聊赖。

那些从书本上或是

人群中听得的传奇在哪里呢？

■

    1998年夏天,中国发生了继1931年和1954年以来的第三次特大洪水。屋内的电视上连日播放着抗洪抢险的新闻画面,屋外瓢泼的大雨在门口积蓄成了一个内陆湖,昏黄色的湖水将我家所在的大院切割成了一座座孤岛。岛与岛隔海相望。我把平日放在家中用来洗澡的大盆拖出家门,在家门口泛起小舟。其实哪里也划不过去,只能在门口那一小块洼地荡来荡去。我仍然高兴坏了。小舟从此逝,江海寄余生。自由的心灵荡漾在那一艘红色的澡盆间,亟待这场漫无止境的洪水继续燃烧整片大陆,让我的小舟划向更远的地方,得以踏上永恒的未知之境。那时,我的胸臆间丝毫没有对自然之力的恐惧,也没有对其余生命造物的同情——我喜欢收集虫子,然后把它们带到那些害怕这些虫子的孩子面前吓唬他们,然后等待它们死亡。我还不太懂得死亡的含义,只是认为它不会在我身上发生。

    在没有洪水的日子,我常待的地方是家门口一处废弃的天线塔。天线塔被围在一个围栏里,其中一根栏杆不知怎么消失了，孩子们便得以钻进去玩。那是一处热门的社交角，白天的时候总有人聚集在那里，轮番爬上那座锅塔，只有到了晚上，孩子们都消失了，那座天线塔才独属于我一个人。每逢家中来了客人，或是我不想在家待着的时候，便溜出去一个人爬上天线塔，躺在上面安静地发呆，看星星，以及沉思。不管做什么，只要在夜里躺在那里就很高兴。因为睁着眼睛就能看到无限的夜空，自己也成了无限的一部分。一切都有可能，就是那种感觉。

1998年还发生了两件影响我一生的事情。一是互联网进入中国，我成了最早一批接触互联网的人之一。二是因为互联网，我在网上读完了《神雕侠侣》，认识了杨过这个朋友。后来从母亲的同事那里借来了全套金庸，在一个暑假以三天一本的速度迅速读完了。但还是最喜欢杨过，爱屋及乌，对小龙女、周伯通甚至欧阳锋印象都不错。讨厌郭靖全家。我从此决心以杨过为模板长大成人——也确实成了这个样子。世界对我来说是一个江湖，生活的主要内容是云游四方、结交朋友，与人为敌、打打杀杀、拔刀相助，发生不幸与幸运，失去勇气又领悟新的动机。江湖上每天都在发生神奇的事，与我有关或者无关。但每天都在发生。只要出门，就会遇到奇迹。

我能回想起生命中较早的一次历险：刚上小学没多久，同学们之间流行玩旱冰鞋，我也通过无理取闹的方式让家里人买了一双，每天在大院里和旱冰队热闹地穿梭。很快，这片儿的小孩都不会走路了，用飞的。最后只剩下了一个同学还未能拥有一双轮滑鞋。她没有倒不是因为不会撒泼打滚，或家里负担不起——她是我们班最有钱的人，放学时常掏出一张十元大钞，包下门口的炸串店，见者有份——也由此，每到放学，她身边总是围着几个帮闲。我虽未受其恩惠，但说老实话，也巴不得有个机会能跟她交上朋友。只不过，她除了和那几个帮闲一块儿挥霍生活，平日里不大和人多讲话。一天，我们正叽叽喳喳交流着贴地飞行的技巧，这同学凑了上来，像是在听我们谈论宇宙航行，干听着，也不说话。过完了嘴瘾，我们也不好意思，就撺掇她也给自己弄一双。她眨巴着眼睛，问，我也想，可上哪儿买呀？此话不错，旱冰鞋不是炸串，好几十块呢，不是那种学校门口的小店或小摊上就能买到的，属于大件儿了，得正儿八经的商场货台上才有。那商场我熟啊，回回路过都在心里打着小算盘怎么把大人骗进去。言已至此，我还能说什么呢。我小手一挥，你放心，放学了我带你去买。

话是这么说，学校到商场并不算近。我只在家附近和学校附近范围活动，我知道上下学的路线，怎么走能抄近道，怎么绕远能打发时间，除此之外的地方就没独自去过了。那商场我虽然认识，可去那个地方是另一回事。当然，解决这事儿也很简单：打车。为了壮胆，我又喊上了另外两个同学，我们四个都没有独自打车的经验。我只能硬着头皮，有样学样，在学校门口的马路边，伸出胳膊，拦了一辆出租车。我们几个钻进车里，那司机看是四个小孩儿，也不吃惊，照常问，去哪儿？我说，银河大厦。车启动起来，无人说话，只能听到四颗怦怦乱跳的心脏。为了稳定军心，发挥领头羊的作用，我又鼓起勇气开口问，叔叔，您不是坏人吧？他又惊又笑，说，不是。这一下，我们总算放心了。

就这样，我们顺利地买到了轮滑鞋，然后踱步回家。其实商场离我们各自的家也不算远，那路线我们都知道，只是没有践行过，所以被未知的恐惧笼罩，不敢迈出第一步。古人说千里之行，始于足下。我得说，千里之行，有时也始于出租车。去不远的商场买一双轮滑鞋，这当然谈不上什么旅程，和《伴我同行》里一群孩子去看尸体的历险相比，也显得过于平淡了。可对我来说，这不啻打开了潘多拉的盒子，自那之后，世界在我眼前果真如江湖般徐徐展开。互联网进入我的生活后，我在网上认识了许多朋友，他们又逐渐发展成现实中的朋友。在学校，我循规蹈矩，一旦放学，我则像是走出了哈尔的移动城堡，在这个茶馆那个书吧，都留下了比我年长许多的朋友们谈天说地而我在一旁写作业的定格。现在回想，在同学眼里，我恐怕是个"很社会"的人。更加幸运的是，我认识的这些"社会上的"朋友，和那位出租车司机一样，都不是坏人，也愿意把我当成朋友。至今都是。

毫不意外地，随着我慢慢长大，我不得不无奈地逐步承认，世界并非江湖。世界这个客体和我的主观认识存在着相当大的距离。当我退而求其次地融入，至少是不被排出时，世界变得越来越普通、安全、了无生趣：世界上每天都在发生神奇的事，但绝大多数与我没什么关系，我甚至闻所未闻。人们平凡而幸福，也平凡而不幸。我也是人们中的一员——是的，有一天死亡也会在我身上发生。我拼命地寻找那些我想象中的朋友的影子，夏雪宜、任盈盈、胡斐、程灵素、曲洋、桃谷六仙，他们都在哪儿呢？当我独自路过一间凉亭的时候，会不会看见一位正被日月神教和武当派围攻，却淡定地戴着镣铐坐在凉亭中间喝酒的向问天？在这漫长的岁月里，我已经做好了许多准备，学习了各门各派的武功，练习了自认为强大的胆量，遇到了许多不幸的事情，也获得了许多珍贵的礼物，只等着遇见这幅场景：上前一步，坐下与向问天喝三杯酒，然后亮出平生绝学，人群爆发一声喝彩，接着拼个你死我活。无数只青蛙从天而降，无穷只白鸽自地底升起。

在幻想中徒步的同时，我枯坐于人间，为日复一日的谨小慎微百无聊赖。那些从书本上或是人群中听得的传奇在哪里呢？我不相信它们是人们为了慰藉自己无望的心灵编织的幻影。于是有一天，灵光乍现，如同一辆出租车缓缓停在我面前，车门自动打开，坐在驾驶位的是我自己，我明白了：我仍然待在那艘停泊在狭小湖泊的塑料小船中，洪水已经退去，而我不能等待更大的大雨将这片陆地变成海洋，我必须从小船中踏出来，离开终南山——这将意味着悲剧的开端，也将指明冒险的方向。

  我做好了启程的准备：是的，冒险将从现在开始。

2022/8/19，南京

目录
Contents

⬇ **南极** South Pole   0 0 1

亚马孙 Amazonas   0 3 7

冰岛 Iceland   0 5 7

布宜诺斯艾利斯 Buenos Aires   1 2 3

缅甸 Myanmar   1 4 1

日本 *Japan*	1 6 9
罗马 *Rome*	2 4 3
哈瓦那 *Havana*	2 5 9
小孩子的游戏 *Children's Games*	2 7 1

南极
South Pole

如果一定要说的话,
至少可以有两种基调来说这件事,
宏大正义,
或是诙谐嘲讽。

➡

关于南极我一个字都不打算讲。

这么想的时候,我正坐在复活节岛的安加罗阿村主干道上的一家咖啡馆里,吃一份150块的菠萝海虾盖浇饭。大约有50只苍蝇在跟我一起争抢。远远看去我颇像是法力加持的高僧,从神秘的东方远道而来挨宰。这是中午12点,放眼望去,这条主干道上的所有餐饮业独独靠我一人支持。咖啡馆的老板倒不像苍蝇那么急赤白脸,看到我先是吃了一惊,继而才想起来自己还有一门煮饭的手艺。也许就是这份异象吸引了从我面前走过的中国人,他先是看了我一眼,走了过去,然后又倒退两步走回来。

"你就是那个刚刚从南极回来的中国人?"

"嗯?"我愣了一下,然后点点头,"是我。"

"哎呀!你好你好。我刚听一个美国人说起你。"

我应该怎么说呢?

这就是复活节岛。所有人认识所有人。待了没两天我已经差不多同岛上一半的人打过招呼。第三天的时候你坐在路边就会有不认识的陌生人上前同你结交攀谈。这感觉简直像在玩《金庸群侠传》。武侠小说或是角色扮演游戏。一个意思。你不是在生活,而是在一个明中暗里勾连紧密的江湖之中行走,一举一动都在引发蝴蝶效应,每场对话都至关重要,只要时间流逝,关键剧情就一定会被触发,转角会遇到命中注定的仇家:"你就是那个打伤了崆峒三老放逐北疆的贼子?""不错,你们少林的空见大师亦殒命于我手下,你待怎的?"在岛上,我同大多数游客一样,日出而起,白天参加岛上经营的各种观光团打发时间,日落而息,晚上被各种走兽飞鸟穿透墙板的噪声击中,从一场有关于岛上的巨大火山口和神秘石像的噩梦中惊醒。我们这些被各种观光团瓜分的游客,就好像一个个临时组成的社交小团体,谁也不知道今天这趟复活节岛南部之行结束后,会在接下来的哪个观光团里再次相遇。也有可能是,我们在同一趟线路的不同观光团里又见面了。我和那两个结伴而行的英国老太太就是这么再一次在火山口会了面。她俩看到我,激动地从自己的队伍里逃脱出来,拽着我问:"我们昨晚回去搜索了一下新闻,所以你是哪个中国女孩?Fan Zhang 还是 Yixin Wang?"

现在回想一下,我并没有在任何一个观光团里结识什么美国人。风声是从哪里走漏的呢?

有可能是我在民宿的第一天认识的那个智利小伙子巴勃

罗,后来我才知道他是民宿的义工。当我走进这家腐气沉沉,一股子老人味儿,坐落在安加罗阿村次主干道上的家庭式民宿时,第一反应是想赶快逃跑。幸好我住的房间热水器坏了,我和巴勃罗修了一下午热水器,这才让我再没力气逃跑,只想蒙头大睡一场。实际上,当我从降落在复活节岛机场的客机上跳下来时,第一反应也是想转身跳回飞机。

的确,这里气候宜人风景如画。可我不是来度假的呀。

阻止我的是无法改签的机票。如果我想再买一张立刻回到智利大陆的机票,所付出的费用比来回加在一起还要高昂。

"所以,南极怎么样?"登记完我的信息后巴勃罗盯着我问。我先是一惊,大脑中迅速过滤了一遍我们刚刚的谈话,确信我并没有提到半个字有关南极。接着突然明白了他是怎么知道的,我正身着南极马拉松比赛的完赛T恤,上面写得可清楚了。"你刚从南极回来?"

"差不多吧。"我含糊其词。

还有可能是那两个来自伦敦的老太太。当时我们在一个一日观光团的午餐桌上相遇,杯酒在手,高朋满座,我们这些花了大价钱不远万里跑到这样一个与世隔绝的太平洋小岛的旅客,势必要谈兴大发,各自讲述一下此番旅程的来龙去脉,如何在命运的中继坐在了同一张餐桌上,接下来又要去哪儿。于是我只能用气若游丝的声音嗫嚅,我刚从南极回来。"哦!南极好玩吗?"大家一下来了精神。"不好玩,我是说……我不知道。"我心想既然开了这个口,就不得不把这件事讲清楚了。"我不是去南极玩的,我是去跑马拉松的。"几乎羞于承认,我跑了倒数十几名,不是从南极回来,是好不容易半死不活地回来的。

这也是很久前的事了。

现在我重新回到了往日那种枯燥平静规律的生活中,每天花主要时间待在游泳池,皮肤鞣出一股氯水味儿。在水下观摩人体扭曲成另一类生物,行动迟缓,匍匐浪进。过了冬至,北京很快陷入一种规整的寒冷中,除开雾霾浓重的日子,你不觉得出门是一件困难的事。拜在布宜诺斯艾利斯养成的习惯所赐,我再次学习使用公共交通工具,翻箱倒柜找出交通卡,每日从地铁里钻进钻出,从外围穿过整个东单公园,路过同仁医院,路上有卖橘子、糖葫芦、专家门诊号的小贩,尿骚味儿扑面而来。我挂着耳机听摇滚,或是非常抒情的感伤小调,走起路来脚下带风,无论在地铁的拥挤人流中,还是白花花的大街上,逆人潮而行,感觉自己是一名偶像。身负艰巨任务的偶像。只是到目前为止煞有介事地无所事事,一旦坐在电脑前写两个字就感到天旋地转。酒精不成瘾,焦虑无处安放。

如果不是再次见到 M,我都已经要忘了南极这件事,M是和我一起参加南极比赛的中国选手之一。当时是在簋街一家川菜馆子,一进去,在座几个年岁不大的男男女女整齐朗声喊:"姐——"喊得你以为自己是什么帮派老大的大房。事情的由头是 M 的弟弟痴迷直播,是地方上的大主播,这名不满二十岁的少年想要自己投资拍一部讲述直播故事的电影。"姐我跟你说,除了石头有点困难,天佑啊映客花椒 YY 上的大 V 我都能给你找来,总之这事儿吧天时地利人和,现在就差一剧本了。"少年非常谦逊,学籍挂在上海,忙时在老家指点矿产生意,闲时进京飙车向往二环十三郎。我在车满为患的簋街体验推背感,不断出戏,心想是什么样的社会摇把我和 M,以及约莫二十天前的那场比赛重新联结在了一起——

如果一定要说的话,至少可以有两种基调来说这件事,宏大正义,或是诙谐嘲讽。主要取决于是否以局外人的口吻来复盘。或者和心情有关,心情不好时心中满怀慈悲、满是伤痕,必须把这事说成是自我救赎,否则对不起花出去的钱。心情好时就不考虑他人,以寻常两倍的语速攻击世界,他人笑我太疯癫,我说大家猜对了。

当然了,在我抱着向死而生的信念在家门口的银行朝那个陌生的爱尔兰账户汇去一大笔欧元的时候,自是没想到这件事居然可以有第二种基调的讲法。要说这件事就必须提到 N,我和另外四个当时还素不相识的中国人会想到去报名这个极寒马拉松,都是因为 N。我和 N 不算熟络,是数年网友,在此之前见过一面。就在我刚刚认识他那会儿，他正在完成一个七大洲马拉松计划，听起来酷极了。当我跑完第一个马拉松，他也正好跑完了南极马拉松，成了七大洲马拉松俱乐部的第二个中国人。一个事实是，世界上真真切切有这么一个七大洲马拉松俱乐部，而入会的审核资格就掌握在经营南极马拉松比赛的公司手上，因为南极马拉松是必经之关卡。

无一人支持。亲朋好友的意见主要分两种：第一，你这完全是去送死；第二，你是有钱没地方花。总之大家都觉得我是闲得慌，要么就是作得慌。而且大部分人都觉得花钱这件事比跑步这件事更牛。因此这件事在我真正成行——应该说，踏上智利最南端的土地蓬塔阿瑞纳斯之前，我都被动处在了一种明知山有虎偏向虎山行的个人英雄主义氛围中，本来没有什么，一致的反对倒显得我像在履行什么中二使命，二十好几了抓住青春期的尾巴叛逆一发。总之，如果不能给出一个说得过去的理由，这事儿简直就是荒诞。总不能说，只是因为看起来很酷。也不能说，因为我也想加入七大洲马拉松俱乐部。最后只能说，我去提前拯救一下中年危机。据N说，参加这个比赛的五十个人，每个人感觉都是来挽救中年危机的。因为大家都很失败。也因此还有一个冠冕堂皇的理由，我是去收集写作素材的。应该不是每个人都像我这样，每次坐飞机的时候都在想飞机会不会就此掉下去。也不像我这样，每次飞机平稳落地后，不随着乘客一起鼓掌，而是冷冰冰地坐在座位上，平静地等待嘈嘈切切的乘客站起来、取行李、打开手机收取信息、打电话、汇报行程和平安、陆续走出客舱，等到客舱变得空荡荡的，再站起来。我非常希望自己能够给出一个积极正面的理由，好让花这么多钱去南极跑步这件事看起来不那么绝望。我给不出。

去蓬塔之前我和 N 在纽约东村的某家日料店再次碰面了。前一天的早上，我们以在中央公园跑步的方式进行了会晤，一同前来的还有 N 身患抑郁症的表弟，主要诉求是减轻我的心理压力。"是个人都能跑完。"N 斩钉截铁。他的保证很有效，跑着跑着我就跑不动了，心想还临时抱这佛脚干吗。在中央公园跑步通常来说有两条路线，绕大圈是 6 英里[1]，绕小圈是 5 英里。早上 7 点半，跑步者络绎不绝，如过江之鲫。我已经厌倦和人交流跑步这件事，平时也并不与其他跑马拉松的人来往，N 是个例外，因为我们并不是通过跑步认识的。一开始我总疑心 N 也挺抑郁的，他的外在表现的确会给人那种感受：不抑郁谁会满世界去跑马拉松这么折磨自己？也许这就是我不愿意和其他跑步的人来往的原因，这运动太私人了，会走上这条路的人多半有自己的理由，我们应该交谈的地方是某个匿名互助协会。我们三个都越跑越慢，最后就绕着湖

1　6 英里约等于 9.6 公里，5 英里约等于 8 公里。

象征性地转了一圈,跑步改观光,路过古根海姆博物馆时,N的表弟指给我看:"你瞧,这就是《麦田里的守望者》里的那个湖。""哪个?""就是霍尔顿问湖里的鸭子都去哪儿了的那个。"

这样在文章里对他人评头论足挺不好。试着猜测别人的生活也不太好。往常我会把旁观来的人和事写在小说里,以虚构的形式遮盖我这种评头论足的恶习,后来发现自己连这种伪装都懒得再进行了。一旦试着写点什么,就觉得没必要。据说这种感觉叫作虚无。后来在东村的日料馆子,我问N:"你是怎么解决虚无的问题的?""虚无?"他说,"我都不好意思提到这个词。"他这么一说我也瞬间就不好意思了。生活可能没我想的那么宏大,都是很细碎很麻烦的,不需要带有那么多的心理活动。现代人和古代人的一个区别可能就是现代人的情绪太复杂太精细了。以前的人不会有那么微妙的情绪,比如尴尬,或是虚无。至少不会有精力让这种精微的情绪放大到那么大,大到没法继续生活了。我琢磨着我会由着自己这么虚无下去,可能主要还是太闲。而且你看,我也写不出什么小说了。只能写写自己的情绪。"那么,你还会继续写作吗?"我问N。除了跑马拉松之外,N业余还写点东西,我挺爱看。"希望可以吧。不过我太忙了。不是我不想写,是我太忙了。"N现在的业余生活主要被跑马拉松这事儿占据了。我觉得这好像不对,但也没什么理由觉得人家不对,只能说:

"我觉得你还是应该写作。"

我觉得人家不对,可能主要还是觉得我自己不对。主业没做好,才去跑马拉松,巴望用副本的成就值掩盖主线打不下去了这件事。我觉得人家抑郁,主要是我自己挺抑郁的,抑郁者的眼里万事万物皆抑郁。我觉得跑步的人反社会,实际上人家没准跑得可开心了。

从南极回来之后我失语了一段时间。南极像一枚巨大的致幻剂,一个充满了布洛芬的氧舱,在里头无忧无虑,什么也不用想,什么也不用做。也做不了。除了比赛的那天,每天就是一日三餐,睡觉休息,大量的时间里我们无所事事。而且理所应当。我带了 Kindle 和一本纸书,为防止在南极由于气温过低而无法打开 Kindle。结果证明操心过度,Kindle、iPhone 和所有电子设备都好端端的,南极的状况完全没有想象的那么恶劣,舒适谈不上,存活还是可以的。我带的纸书是特德·姜的《你一生的故事》,以前看过一遍,这次在路上又看了一遍。未来我还会看许多遍这本书,不过在南极的那几天,我几乎什么都没看。大部分时间,我们都是在等待。

回到北京的那天,我收到南极联合冰川营地的厨师凯撒的邮件。他在信中写:"你们离开以后,这里的风变得很大,这段时间的风速大概在每小时 60 公里,你还在复活节岛吗?"过了几天之后我才回信——事实上,是才有心力回复每一封我在路上认识的人的来函。第一封回给在百内认识的摄影师朋友，他发了当时拍的照片过来，我称赞了他的摄影，把多数照片删了。第二封回给一位在蓬塔生活的美国女孩，她来自华盛顿，受过良好教育，会说流利的西班牙语，在智利待了两年。我们一起去了百内。在路上我问她："你打算什么时候回美国？""再说吧。你知道，我们刚刚有了一位新的和屎一样的总统。"还有一封应当来自复活节岛的巴勃罗，它还在路上。营地厨师凯撒是蓬塔人，在联合冰川营地工作三个月的收入就抵得过他在蓬塔一年的，我们在营地认识时，他说打算第二年去别的国家旅行工作，也许是北京。我极力劝说他打消这个念头："你的手艺在北京会找不到工作，而且北京的房价极高，连我都快待不下去了。"我觉得他会相信我，在南极，所有人都穿着在蓬塔的装备公司租赁的衣服和靴子，加上几天没洗澡，大家都很狼狈，这使得我看起来和其他人一样富有。

巴勃罗呢？

复活节岛实际上只有三种观光模式。一种是全天的，从岛南部沿着海岸线一路往东，最终到达形成复活节岛的第一座火山，在那里有着全岛最著名的十五座石像。另两种皆为半日，分别去往另外两处景点。这三种加起来就可以把整个岛该看的景点看遍。实际上也就是几处石像遗迹、采石场和火山口之类的。所有岛屿的生命形态大概都差不多。我在岛上待了五天，全岛几乎都没有网络这件事给了我当头一棒。按理说这不该是从南极回来的人应有的态度，是，虽说皆为绝境，可复活节岛实在是太不脱俗了。我走过商业氛围浓厚的整座岛屿，目睹破败泥泞的人迹，感到心灰意冷——你感受不到人们在这里生活，他们只是被称为旅游者的你的设施。我以为自己有一个本领，可以很快适应任何一个陌生的地域，褪去游客的身份，进入当地的生活。后来发现这不过是想象：我自认为弄懂了当地的交通、气候、穿着和饮食，学习像当地人一样生活，就可以短暂地被这个地方留住。这应当并不是真的。前一晚我还在圣地亚哥，从游客蜕变为当地人的那个特殊时刻和场合是，当我往武器广场的方向走去时，被一栋奇怪的建筑吸引，走进去发现原来是一个螺旋形上升的商业楼，每一层楼皆是鳞次栉比的理发、美容、美甲等集合型商铺。我从未见过如此高度统一的密集型商业形态，在任何一个密集型商业区，生态总是丰富多样，形成有竞争亦有互补的良性反馈模式，而这里——你能想象走进了一栋有差不多上百家理发店的大楼？但依然欣欣向荣，每间店铺都有顾客充盈其间，有些甚至要排队等候。这里几乎没人懂英语，我还是随便走进了一间做了个指甲。走出美甲店后得出的结论是，智利的电视剧和中国的一样糟糕。为了配这颜色鲜艳的指甲，我又走进了一家服装店把全身行头都换了，并坚持和店里不懂英语的智利小伙搭讪，询问其审美意见。从店里出来后，我终于南美了。这才走入猫途鹰（Trip Advisor）上排名第三的红酒品鉴餐厅喝了个囫囵吞枣，然后成功地被一对从伦敦来的、正在环游世界的夫妇认识，多了一个借宿的地方。我后来把这种本领归结为一种"强奸"异乡生活的能力。可是在整个复活节岛，我找不到这个神奇的时刻，让我能够融入此地，暂时不那么出离。也许是因为这里太孤绝了，也许是因为种种细节又显示出某种入世——我某天的导游用的手机是联想。地理位置上的隔绝并没有阻止它与世界接轨，它的生命特征又不足以与世界各地涌入的符号形成制衡，这也接纳，那也接纳，就失去了它自己。

修完热水器的那天晚上，岛上下起了瓢泼大雨，我每小时被惊醒一次，雨声浩大，时间缓慢，我感觉自己被永远地抛弃在了这个太平洋的孤岛上。雨又持续下了一整个白天，我不得不待在房间里，直到下午才决心出门寻找网络，因为必须要处理一些工作琐事，以及购买接下来的航班。等我找到一家网吧，处理完事情又返回房间时，才发现没有把落地窗关上。巴勃罗白天是一名导游，在头天，他不仅把整个岛大致的状况和我介绍了一遍，还告诉我，如果说在这里有一点什么好，那就是你不用担心任何安全问题。夜不闭户，路不拾遗，出门都不用锁门。出于亚洲人与生俱来的谨慎，我是在发现落地窗没关后才逐渐相信了这件事。复活节岛的一切东西都要从大陆运过来，包括电——他们的用电依靠石油。

每四个月船只会把无法燃烧的垃圾运回去，岛上的人们尽可能回收利用一切东西。

"你是怎么忍受待在这里的？"我非常不礼貌地询问我的导游，她是一个有耐心的、慈祥的中年女性，每到一处景点，就把我们放下去，然后像牧羊人一样安静地待在树荫下等我们回来。

"我觉得这里没什么不好的。"她说。

"那么那些年轻人呢？他们总不会耐得住寂寞。"

"我的孙子孙女现在和我待在一起，不过他们的父母都在大陆。还是有年轻人愿意待在岛上的。"

"那么这里的教育呢？"

"教育只到高中，想上大学的话他们得去大陆。"说话时，她盯着远处的小岛莫图努伊岛（Motu Nui），18世纪后期每当春天来临时，一种名叫乌燕鸥的鸟都会在这个距离复活节岛2公里的岛屿上产蛋，各部族会派遣自己部族的鸟人趴在蒲草舟上划行过去窃取鸟蛋，第一个能将鸟蛋完整带回的部族将有权支配这一年岛上的资源。"这里多美呀。"她出神地盯着大海，"他们管这叫太平洋蓝。"

我住的民宿是一个年长的女人独自经营的家庭式旅馆，女主人不懂电脑，需要巴勃罗帮她处理网络订单和充当客服。交换条件是她帮巴勃罗找到岛上的头份工作，并提供他一个庇所。他可以自由出入这里，把这儿当作一个家。他在大陆出生，却跑到这座孤岛来谋生，我管他叫岛漂。头次见面的时候，巴勃罗能够非常迅速地通过我说的话写出对应的中文字，我起先以为这是一个南美人对于神秘东方文字所产生的一点儿小兴趣，类似于我们多少都懂几句日语。等到了最后一天，由于我已经退宿，又不想再顶着太阳出门消耗体力，便百无聊赖地待在客厅看书，那会儿我正好看完何伟的《甲骨文》，转而开始看《江湖丛谈》。人就是这么贱格，只有跑到距离祖国无穷无尽遥远的地方，才会突然慈悲为怀，在文字里回望故乡。

"你看起来很无聊。"穿过客厅的巴勃罗看到我，跟我打招呼，他刚刚结束自己的一个向导工作。这几天我几乎没怎么见着他。

"是的。"我放下 Kindle。何止是无聊。

"想聊聊吗？"

"好啊。"

"你看起来不是很开心。"

"是的。"

"为什么？"

我无奈地想了一下，然后问他："你们是怎么忍受没有 Wi-Fi 这件事的？"

我诅咒复活节岛。我诅咒世界上每一个没有 Wi-Fi 的地方。

也许除了南极。

从亚洲去南美需经北美或欧洲中转。我从北京飞到纽约，在纽约胡吃海塞了一个星期，每天在街上胡乱地走、看展览、和朋友聚会，试图忘记接下来要去南极这件事，做垂死的挣扎。一年前报完名后，我先是度过了一段每天早上一睁眼大脑就开始自动播放上个年度南极马拉松比赛视频、焦虑地直接从床上蹦起的日子，继而就开始了旷日持久的自我麻痹，除了每月还信用卡的时候（因交完报名费而陷入了经济窘迫），几乎已经忘记了南极这件事。2月，去东京跑东马，膝盖在30公里处受伤，因为没赶上关门时间而未完赛。6月，斯德哥尔摩，头一次跑进了5小时。10月底，上海，把用时又稍微往前拉了一点点。起点太低，每一次比赛都是 PB[1]。除此之外的这一年，我过得并不顺利——几乎很难说哪一年是顺利的。除了埋头写东西的时候，都是心灰意冷。好在我大部分时间都在写东西。我认识了不少新朋友，不过这并没有让我开心起来。"我觉得自己永远不会快乐了。"我和一个朋友说。他安慰我："我在27岁的时候也是这么想的。""然后你发现这是真的。"

除了写过的几篇小说，跑过的几场比赛，认识的几个人，我对这一年发生的事印象模糊。也很难说对哪一年印象深刻。

---

1 PB 即 Personal Best，个人最好成绩。体育术语，常见于田径和游泳。

过往如流水，雁过无痕。时常我感觉自己身处一片巨雾，看不见过去，也看不见未来，只能看见现在，而且你根本不知道自己是否在往正确的方向走。你不知道走下去会到哪里，也不能停在原地。五分之一的时间里，我盲目相信，觉得自己重要。五分之四的时间里，我只是等待。这一年的大部分时间，我等待 11 月的到来。每一天在北京的夜里练习跑步。每当雾霾浓重的夜晚戴上口罩出门，都觉得自己是一个战士。我练习得相当不怎么样，只能算马拉松入门选手，为了完成这场比赛，只能在彻底忘记比赛这件事之后，让训练成为潜意识里日常规训的一部分。现在我可以说了，跑步是世界上最无聊的事之一。

8 月之后，我重新想起南极这件事了。于是又陷入早上一睁眼就是孤山雪地的画面的状态。如此受折磨仨月。一开始跑步是为了缓解对主业的焦虑，到后来跑步这件事也成了焦虑的一部分。人类之可笑莫过于此。8 月后赛事主办方开始频繁给选手们发邮件，周知比赛事宜，签署文件，杂七杂八各种事情。有一份类似生死状的文件需要除我本人之外的另一个见证人签署，成年人，我想了半天不知道找谁帮我签，北京太大了，我和这里任何一位朋友的交情都没有到让其专为签一份文件出门一趟的程度。最后我翻查手机通讯录，找出了一个跟我交情不深但住得离我最近的朋友。

在纽约饯别了朋友后我从利马和圣地亚哥中转至蓬塔。

举办比赛的说是一家公司，实际上只是一个人，爱尔兰人理查德是这个公司的创始人，也是灵魂人物。我是从南极回来以后出于好奇检索了他，才知道他是谁的。这是个怪人。他创造并完成了许多类似于四天跑完七大洲马拉松的极限比赛项目。和他通邮件差不多一年之后，我终于在蓬塔见到了他。那是我到达的第二天一早，我刚起床，脸还没来得及洗，门就被敲响了，理查德和一个摄影师站在门口。他们是来检查选手装备的。"你好，我是理查德。""你就是理查德？""我就是。"直至此刻我才有种梦境终于成为现实的感觉，我没戴眼镜，几乎看不太清他的样子。"一切都很好。不过你最好再买一副更厚的手套。"理查德检查完我的装备说。

　　这之后我频繁需要和理查德打交道。同来的中国选手因语言、时差、保险等各种琐碎事务出现问题，我被委以"队长"的职务，不得不一再地找他，最后一次在前台打电话请他下来时，我感觉他的耐心已经快用完了，连连道歉，他说："放心，我们不杀信使。"我很快地觉察到，他身上弥漫着一种顶尖体育运动员的气质，温和、低调、谦逊。这种魅力具有强烈的蛊惑作用，以至于从南极回来后，我一度着魔般地想要再次报名次年的北极马拉松，倒不是为了再获得一枚奖牌，而是为了追随理查德。最后因为更加高昂的报名费而暂时打消了这个念头。很显然，我不是唯一一个受此感召的人。南极比赛的不少人都是理查德的老熟人，跟随他参加了许多稀奇古怪的赛事，同一场比赛参加过几遍的也不乏其人。

我一度因为这次的比赛一下去了五个中国选手感到失落。在此之前，包括N在内只有三个中国人完成这个比赛，我满以为可以挤进前五，谁知一下子变成了前十。在蓬塔的第二天我陆续见到了其余四个选手，M、W、Z和S。他们彼此倒是早已相识，因为跑马拉松若干年，共同参加过不少比赛。跑马拉松的圈子就那么大，我经常在参加一个比赛认识新朋友后发现交叉的人际联系。在我见到这四人之前，N已给我们拉了一个微信群，彼此加了微信。通过对他们朋友圈的观测，我感觉自己不像去跑步的，更像是参加了一个长江商学院的项目。这种偏见在到达蓬塔的头两天达到了顶峰。几乎没有一个人按照主办方的规定行事。中国选手很快成为这个一共才五十位参赛者的比赛队伍里最鲜明的一小撮。在迟迟见不到另外四位中国选手，也无法检查他们的装备后，理查德发火了。他给中国队发送了一封语气强硬的邮件，通知他们必须立刻出现在酒店一楼。四位选手在微信群里紧急商量了一分钟，决定委派我作为代表下去，并冠我以小队长之职。从此我被动积极承担起了小队长的责任：开会和传达会议精神，以及努力让所有人走在正确的轨道上。对此我满心无奈，一直以来，我才是那个无组织无纪律、自由散漫惯了的人。可另一方面，那几位队友和偏见中的想象很不一样，个个性格倒是很好，洋溢着生机，使得我生不起气来。我很快就发现，自己不自觉同他们亲近起来。

11月是南极的夏天。这时候南极内陆的气温通常在-35℃～-20℃，气温受风速影响很大。我们在蓬塔集合后，开了两天会，和其他四十几个来自十二个国家的选手认识，反复检查装备，学习简单基本的在南极生存的知识，然后等待。在预定要飞的前一天，我们接到通知，必须在集合出发的酒店随时听令，因为飞行完全取决于天气，气温和风速决定了视野，飞行员必须确保万无一失才会飞行。M、W、Z和S都窝在我的房间，因为只有我成功预订到了主办方及集结地点的同一家酒店。大家都有些焦躁不安，等待7点到8点半之间的邮件通知。最终，我们得知仍然按照第二天的预定时间飞行，所有人都疲累极了，最后五个人在我的房间凑合了一晚。标准间，两张床。那是我烦躁和委屈的顶峰。按照预定的计划，第二天飞到南极大陆，第三天就要比赛了。这一晚的睡眠对我来说非常重要。更别说，我是五个人中比赛经验最少、成绩最差、准备最不充分的。可这时，大半夜的，W突然提议卧谈。

W是我们中年纪最大的，有五十多了，某上市公司首席财务官。可他也是我们中最不成熟稳重的，犹如老顽童，一天到晚嘻嘻哈哈，像悟空带着猴子猴孙们云游，一点不像来参加比赛的，也不像企业高管。只有一点表明此人非同小可，他是我们五个人中成绩最好的（PB进了三个小时），是完赛六大满贯的第一个中国选手。Z是成都一个广告公司的合伙人，一双儿女的母亲；M做生意，相貌不俗，身材奇佳，爱打扮，我一度以为他是弯的，后来发现是位性格质朴的直男；S是一家互联网金融公司创始人，一直显得心事重重，若即若离。此人大男子主义，脾气古怪。其他三位都有点受不了他。

卧谈会开了半个夜晚，他们都逐渐陷入甜蜜的睡眠。只有我辗转反侧，几乎一夜未合眼。如果不是要参加比赛，我得说这卧谈会确实挺成功的。到了早上，疲惫和困倦拖垮了我的大脑。大队集合到达机场，我们被告知仍得在此等候。无聊之际，W又突然提议，等也是等，不如打牌。大家一听齐拍大腿，这是咱的老传统啊。M立刻行动起来，在机场买了两副扑克牌。S冷眼旁观，看起来并不想加入其中。三缺一。我这个小队长还有什么理由推托呢。更何况，打的是掼蛋（W和我一样都是安徽人）。没想到，这幅极具中国特色的画面贯穿了接下来的南极全程，无论何时何地，另外四十几位国际友人都能看到四个中国人热火朝天地掼蛋的身影。更没想到，打着打着，我的不快烟消云散。

四个半小时后我们到达南极大陆的联合冰川营地，这是去南极点和文森峰的必经之地。除了远处灰黑色的山峰和眼下的白雪，什么都没有。没有任何活着的生命。那些看上去就在眼前的山峰实际上离我们远得很，最近的也有两公里。我们两人一间帐篷，帐篷比我想象的宽敞许多，两张行军床中间还有一张小折叠桌。晚上我们睡在睡袋里。那些睡袋非常厚实暖和，我并没有遇到 N 之前提醒的晚上睡觉会非常冷的问题。有时候甚至热得把胳膊伸出来。在南极我睡了这几年最好的几觉。实在是太安静了。后来达克——一位来自澳大利亚的选手——在脸书上写道："在南极我不得不尽量小心翼翼地走路，以避免靴子踩在雪地上发出的吱吱呀呀声破坏这片神圣的静谧。"准确极了。我是在待了好几天后才猛然想起找出耳机开始听音乐的，那会儿我正往我们的营地餐厅——营地最大的那个帐篷——走去，音乐响起的时候我愣在原地，因为我感觉以前听过的音乐都白听了。由此看来南极本身是个巨大的降噪耳机。

我们原定于到达南极的第二天进行比赛，但这也因天气推迟了，营地的科学家告诉我们第三天的天气更适合跑步。于是我们继续等待。在营地并没有太多可做的事情。有小型图书角，不过摆放的绝大部分是和南极有关的书籍。大部分时候我们在餐厅待着。营地可以洗澡，全程手动，一次可以洗三分钟（那是一桶热水匀速流出的时间）。到了第二晚我因忍受不了想要洗澡时，他们极力将我劝阻住了，为了避免在比赛前感冒，节外生枝。所有人都开始向着原始人的方向发展。我们到点吃饭，到点睡觉，到点在餐厅一起坐着发呆和打牌，对话弱智而无聊。好像我们所有人都变成了智力低下的单细胞生物，但这样倒也非常幸福。大脑空空，大腹便便。

有时我们在帐篷里打牌，M和W是野生佛教爱好者，打牌的同时W会放《心经》当背景音乐。我终于忍不住呵斥道："能不能不要在打牌的时候放这玩意儿！"我出离自己审视这幅画面，四个中国人的帐篷里，《心经》的背景音乐传响整个营地，他们在里面既非打坐亦非冥想，而是在掼蛋。我不由得疑惑，我是谁，我在哪里，我在干什么？

到比赛那天，我有一种体察，所有人迫切想要跑完这42公里的主要原因都是跑完就可以洗澡了。比赛路线大致是以营地为起点跑两圈，一圈是半程。前一晚开会时，科学家们已经给我们分析了路线的细节，诸如跑到哪些部分会有强风，有人的补给点和无人的补给点大致在什么位置等。前一天我们跑了几公里热身，比赛的难点倒不在温度，当你跑起来的时候，会散发大量的热，我们跑了一小段就汗流浃背。真正的难点在于，在雪地上跑，毫无借力，不仅速度会很慢，还会消耗大量的体力。雪地不够平坦，在积雪中一脚深一脚浅会让人随时有失去平衡的风险。强风路段也需要注意，气温骤降，体感温度也会下降，必须尽快通过。

毫无疑问，来参加比赛的人几乎都有着大量的比赛经验，有不少是来刷七大洲俱乐部成就值的。在蓬塔头一次开全员会议的时候，我推开酒店大门先是因为在大厅里突然看见这么一大拨人而感到非常兴奋，像跳入海洋球的小朋友一样加入了他们，兴致勃勃地和每个人聊天搭讪，简短地了解他们的一生，随后就陷入了担心：我会不会是最后一名？看起来这很有可能。随后的几天我一直在这种忧虑中，直到我得知了两个消息：第一，我们中有一个超级大神，差点入选本届的里约热内卢奥运会，全马最好成绩是 2 小时 17 分；第二，我们中还有一个人毫无经验，南极是他的第一次马拉松比赛。前者非常好辨认。他叫盖瑞，来自爱尔兰，体格精瘦袖珍，总是形单影只，沉默寡言，自带一股神秘冷峻的气场，令人难以接近。到南极后，我们所有人都处在咋咋呼呼的旅游者状态里，大家好像不是来参加比赛的，更像是来参加一个派对，只有盖瑞始终紧绷着，像一只养精蓄锐的猎豹。

后者呢？理查德没有说他是谁，他放出这个消息只是为了让诸如我这样的家伙别太紧张，自然不会公布那个人的姓名。不过，随后我意外得知了他是谁。那是一个来自蓬塔本地的选手，我们在餐厅门口聊天时他非常腼腆率直地告诉我，这是他第一次比赛。我安慰了他两句，就非常开心地回帐篷去了。

澳大利亚人达克是和我最熟悉的一个选手。实际上和他相处总让我有些不自在，他身上有一股过于抒情的文艺青年气质，让人无所适从。我们最开始是在去南极前的机场里认识的，彼此寒暄后，他问："所以你写的是什么样的书？"我吃了一惊："你怎么知道的？""哦，是通过网站上的简介。"我这才发现，原来真的有人把南极马拉松官网上每个选手的简介通读一遍。他说自己也在写一本书，希望能和我聊聊。

达克身材修长，长着一副非常接近亚洲人的面孔，学习语言学，会说六国语言，曾经在印度生活过许多年，然后一路迁徙，辗转不同国家，最终定居澳大利亚，妻子是越南人，育有两子，大儿子在学习小提琴。我会这么了解是因为从南极回到蓬塔后，我在蓬塔又待了几天，去百内国家公园玩了一圈，在蓬塔的最后一天，达克请我去他那儿吃饭。一开始我并不想去，从南极回来后，我陷入巨大的失落，整日待在酒店闭门不出，自我反思和厌世。W、M、Z 在回来的第二天中午就匆忙登上了回圣地亚哥的航班，中转回国。一直疏离于我们的 S 自然也不会再和我联系。无论如何，和我相比，他们与世界的联系要密切许多。W 身居要职，某一晚我们几个散步去找餐厅吃饭时，W 感叹："要在深圳，我是万万没有这样陪你们散步的机会的。"Z 在南极每天都要和家人打很久的卫星电话，一有网络头件事就是和两个孩子视频。M 最潇洒，没心没肺，看上去永远不会不快乐。他们总是用不完卫星电话的时间，就让我去打，只是我枯坐在电话亭，想来想去也不知打给谁，最后只好原样归还电话卡。离开蓬塔的前一晚，我和 W、M 三人深夜出去谋食，这个小得可怜的海滨城市所有的店都打烊了，最后我们一路走到了整个蓬塔最豪华的那栋建筑，它伫立在这个破破烂烂的南美小城之中，简直像废墟中的巴别塔，格格不入。等我们走近才发现这是一个酒店——还能是什么呢？不管怎样，我们走了进去，顶层的天空酒吧还在营业,全世界酒店的天空酒吧都是一个样。我们找了个位置坐下,几乎没有任何服务可言,大概因为这个点真的只有这里还营业,所以人满为患,服务员应接不暇。好在食物尚可以,我们喝了点酒,现在我已经完全想不起来那一晚我们聊了什么,只觉得前一天还在不似人间的南极,后一晚就坐在那个浮夸的夜店听着糟糕的电子乐,这感觉太恍若隔世了。在这种极为迥异的环境之间穿梭,有时候我能努力地适应,有时候则感到迷失。

布宜诺斯艾利斯之后我先是回到了上海,在上海像游戏人物般晃荡了两天后终于回到了已经陷入雾霾绝境之中的北京。飞机降落在首都机场的时候,我从窗户向外望去,好似来到寂静岭。

在北京,由于恢复了坐地铁的习惯,我又开始使用 Kindle 了。如果说冬天有一点什么好,那就是你可以穿有很大口袋的外套,什么都可以一股脑装进去,包括一整个 Kindle。当你出门时双手空空,你就觉得自己和这座城市紧密联合在一起,以天为被以地为床,无论把你扔在哪里,都可以步行回家。夏天时我通常就带一把钥匙和一个手机。从南极回到蓬塔,又从蓬塔回到智利中部后,我就又回到了夏天。在圣地亚哥、复活节岛和布宜诺斯艾利斯的街头,我就只带着钥匙和手机乱转,同每一个迎面走来的人微笑,感觉自己成了南美大陆的一个组成部分。我在地铁里看一本名叫《巴托比症候群》的书时豁然开朗，这是一本饶有趣味的獭祭书，虚虚实实列举了许多作家和他们的作品，这些作家无一例外都是巴托比症的患者。所谓巴托比症，就是指那些拥有写作天赋或已经取得写作成就的作家，某一天起却拒绝写作，开始了长达几十年之久对写作说"不"的生活。卡夫卡、塞林格、兰波、梅尔维尔都是如此。对我来说，这本笃定地肯定失败者的小书，无疑比去趟南极要来得安慰得多。也便宜许多。亚马逊的电子版只要 12 块。在塞林格长达几十年的不动笔的时间里，他在干吗呢？我不清楚。只有一个问题，罹患巴托比症的首要条件是，你必须已经写出了一本《麦田里的守望者》。

我还在等。

在酒店送走 M 他们之后我回到了一个人的房间，一开始我非常不耐烦和人相处，现在则感到一种无法忍受的安静。大概是这种共同经历所缔结的友谊促使我在最后一天赴了达克的晚餐邀约。他独自租住在离我酒店不远的一个公寓式旅馆里，进门我微微吃惊，局促的客厅中央摆好了一张桌子和两把椅子，餐桌上摆盘精致，我颇觉得有些尴尬，因为这看上去过于罗曼蒂克了。不过我没心思琢磨摆盘背后有没有别的意思，只顾着和他大吐苦水——我对每一个人散发负能量，这持续有一段时间了，他只能跟我说一些心灵鸡汤。在过于聪明的中国人眼里一切都是心灵鸡汤。又或者，我在思考，心灵鸡汤和伟大哲理的真正区别在哪里？我最后认识到这位目前自由职业的两个孩子的父亲，的的确确是自由、无用且不感到一丝焦虑的。不过在当时，这顿晚餐并没有解决我的问题。

南极同样没有。

我们中午 12 点起跑。我很快发现想要按照前一天热身跑时估摸的配速是不可能的，我的速度不断降低。在到达第一个补给点前每个人的差距已被明显拉开了。难度越高，标准差越大，离散程度越大。我们离散得十分透彻。近乎失踪。补给点提供的东西相当丰富，饼干、巧克力、坚果、热水和可乐。组委会甚至在雪地里搭建了简易的厕所。第一个补给点大约在 6 公里处，我们的三层衣服已经被汗水浸透，我也得不断调整雪镜，试图让雾气散去。路上风景奇异，远离营地之后，景象更为空阔浩渺，像是在外太空的异星球，若有上帝俯视，这画面一定相当可笑，在巨大的宇宙背景下，一列渺小的人类哼哧哼哧地跑着，做徒劳无力的无用功。穿越强风段时，气温果然骤降，汗水冷却，回收体温。-40℃的风不讲道理地刺向每一寸身体的缝隙，逼得人只能加紧通过。这之后，体力与心气都开始崩塌。雪地坎坷，脚步变得更加迟滞。前半程好不容易结束，我回到营地，感觉已经耗尽力气，加之衣服湿透实在难受，我跑回帐篷换了身内层衣服，出来的时候，恰好看见盖瑞冲刺终点的那一刻。理查德、摄影师等人上前同他拥抱。他异常淡定，神情木讷，既不喜悦，也没体现出任何疲惫。重点是，他仍然是跑着冲刺的。我看了眼手表，3小时17分。

眼下还不是感悟的时刻，我再度离开营地。

"准备好了？"

"嗯。"补给站的人点点头，把我的姓名在本子上勾掉，证明我离开了。我回到跑道上，继续完成比赛的后半程。

我知道后半程更加艰难，脚步变得无与伦比地沉重，但此时你除了完成这个42公里的挑战，没法停下来。也许我就是因为半途而废、始乱终弃了许多事情，才试图用这样一种自我折磨的办法把自己逼到一条不得撤退、没法掉头，也不可能停在原地的窄路上。在这条路上，不管多痛苦，你都得跑完它。

从南极回来之后再次开始跑步已经是我在复活节岛的最后一天。复活节岛也有马拉松比赛这件事让我非常惊奇，我不知道在这个岛上要怎么设计出一条路线才能让人跑完42公里。如你所知，它实在是太小了。最后一天我沿着另一条不会出现在任何观光团里的路线跑到了海岸边，然后又跑回来。三个月后在日本名古屋，我还有一场比赛要跑，不得不保持一定的练习。每当此时我都会咬牙切齿、真真切切感到后悔，那一刻到底是怎么鬼使神差决定要报名？这些提前许久报下的比赛，不均质地分布在我未来的时间线上，成了一个个不得不拔掉的刺点，在点与点之间，我只能等待。以及练习。

"你知道，既来之，则安之。"在我抱怨完岛上的网络状况后，巴勃罗安慰我。

"可是我太焦虑了。"我说。

"哦？为什么？"

"因为我想工作。"

巴勃罗盯着我看了一会儿，然后说："好吧，你愿意来后院聊聊吗？我饿了想吃点东西。"

于是我们穿过厨房，他给自己弄了点儿吃的，我们在后院坐下来。巴勃罗打开他的笔记本，问我："嘿，你知道'忘'为什么写成这样吗？"

"不知道。"我说。

"上面一个'亡'表示死亡，这表示你心里有东西死亡了，所以就是忘记的'忘'。"他说。

直到这时我开始真正惊异于巴勃罗的中文造诣了：我在这个距离最近的大陆也有3700公里的太平洋孤岛上，居然认识了一个通晓中国文字的智利人！而且，他在教我说文解字。

"那么你知道'息'为什么写成这样吗？"他又问。

"不知道。"我开始期待他会怎么说了。

"因为'自'像一个鼻子，人们说到自己时总会指着自己的鼻子，所以'自'表示自己，你的心脏跳动，鼻子出气，所以是'息'。"他说。

"太邪门了！"我跳了起来，"你是从哪儿学到这些的？"

"我在日本待过两年。借宿的人家男主人是个老师，我是跟他学的。"他解释道。

我这才知道巴勃罗知晓的中文字实际是日本汉字。他并不通晓中文。不过这也足够我惊诧好一会儿了。除了日语之外，他还会意大利语。不过他没有去过意大利。

"我觉得你应该离开复活节岛。"我说。

"我的确在考虑去个新的地方。"他介绍了一个网站给我，Workaway，我这才知道世界上还有这样一个网站：你可以提供工作给世界各地的人，也可以在上面找到世界各地的工作，它们多是农场或是家庭经营的旅社这样的小型私营业，招募的多是帮工，提供食宿，或支付一定的酬劳。

"哇，这真是太棒了。"虽然这么感叹，我想我却是万万不会应聘这些工作的，即便维特根斯坦教导我应该去劳动，而非整日价沉思和游荡。

"我在考虑下一站去塔希提。"巴勃罗说。

"又是一个岛。"我说。

"嗯，又是一个岛。"

"所以你究竟遇到什么困难了呢？"他终于开口问道。

我看着他，叹了口气。要说明这问题多么困难啊。我简要介绍了一下自己的状况和工作。"你瞧，我有这样那样的想法,不过首先我得先写好小说。"

"那很好啊,你已经有目标了,还有什么可焦虑的呢?"他说。

我无言以对。他说得很对。我们感慨了彼此的生活,但都明白对方的生活于自己并不构成真正的吸引。最后只能祝彼此好运。

于是我站起身来。"我想趁最后几个小时去外面转转。"

我踱步到了海岸边。这里经营着几家潜水和冲浪俱乐部,潜水者和冲浪者在阳光下交谈,我在海岸边坐下。航班是晚上12点的,现在是6点,我还有好几个小时可以发呆。复活节岛的日落相当晚,大约要到8点以后。我吹着海风,远处海面缓慢起伏,波光平和,久未涌现的语言突然降临在身上,每当这样的时刻发生,我都如同被神灵附身,脑中接连出现陌生的语句,犹如密钥。在我的一生之中,只有这些不属于自己的时刻,才让我感觉真正活着。

比赛的后半程相当困难。一开始我还试图跑跑走走,过了第一处补给站就只能开始走。这时已经很难遇见其他选手了。随着运动活力的下降,散发的热量也开始减少,我开始体验到寒冷的力量了。这驱使你不得不继续前进,必须赶在身体失温前到达终点。到了最后5公里,前后已经看不见任何人，目之所及只是极境，生命在此沉寂。我路过了最后一个补给站，上了趟厕所，没敢进行补给，只是和补给站的人打了个招呼，就开始最后一段路程。我觉得我快冻僵了。恐惧丝丝游走，万一我跑不到终点会怎么样？会不会我已经开始失温了？我感觉自己的手已失去知觉。失去一只手和失去生命相比，哪个更加幸运？此时我早已不再忧虑成绩和排名，只想何时才能看见终点。活着看见。我的大脑和躯体也已经麻木，只是在机械地维持行走的状态。

走着走着，我突然抬头。我看见一个巨大的星球在离我非常近的地方。那是，我张大了嘴，太阳。那绝对是太阳。只能是太阳。那是一轮怎样的太阳啊。它一动未动却不由分说地辐射着、展现着自己的强大。我头回真正明白了，那是万物之源。我们皆来源于、受惠于，也臣服于它的力量。太阳正照耀着被整片冰雪覆盖的大地，天空呈现出一种异常纯净的蓝，我感到自己并非存在于地球上，而是存在于宇宙之中。在这从未目睹过的异象下，我不受控制地开始分泌泪水。既非感动，也不是难过，只能是臣服。接近于圆寂。我心想，人类何等不值一提。我又想，在如此不值一提的生命里，应该做那些稍微值得一提的事情。这就是太阳想要告诉我的事。太阳并未赐予我们什么，它只是存在。以其存在予以感召。

但眼下，坐在海边，我并未回想起这一幕人生所见最壮观的太阳，也未想起穿过终点线后理查德和已经达线的其他中国选手给我的拥抱（他们一直在等着我）。赛后我鼓起勇气去和盖瑞搭讪："你是怎么做到这么厉害的？"

"我16岁开始跑步，现在我37岁。"他的回答简短有力。我已经知道他是一位幼师，也发现他远没有我想得那么高冷，只是不善言谈。实际上，他身上那种老实人的气质要多过杀手的气场。

"那你16岁就知道你要把跑步作为使命了吗？"我又问。

"不。我到现在也没有把跑步作为使命。这个词让我有些羞愧。"他不好意思地说，"我只是觉得我应该跑下去。"

"那么，你在知道这点之前，在做什么？"

"等待。总有一天你会知道你应该做什么的。在此之前你只能等待。有点耐心。"他说。

——不，我想起的也不是这个。

我想起的是，在南极，我们四个中国人挤在一顶帐篷里，把那张小桌子移到中间来，一张床坐俩人，面对着面，穿着厚实而笨重的外套、裤子和靴子，看起来像四个野人。这四个野人在《心经》的背景音乐下热火朝天地打着掼蛋，丝毫不理会帐篷外的极地奇景，也浑不在意这混音版的《心经》有多破坏氛围。

"能不能把那玩意儿关了！太影响打牌了。"其中一个野人怒吼。

想到这一幕我自顾自地哈哈大笑起来。眼下，要等到夕阳还得花很长时间。是的，关于南极我一个字也不打算讲。

2017/1/2，北京

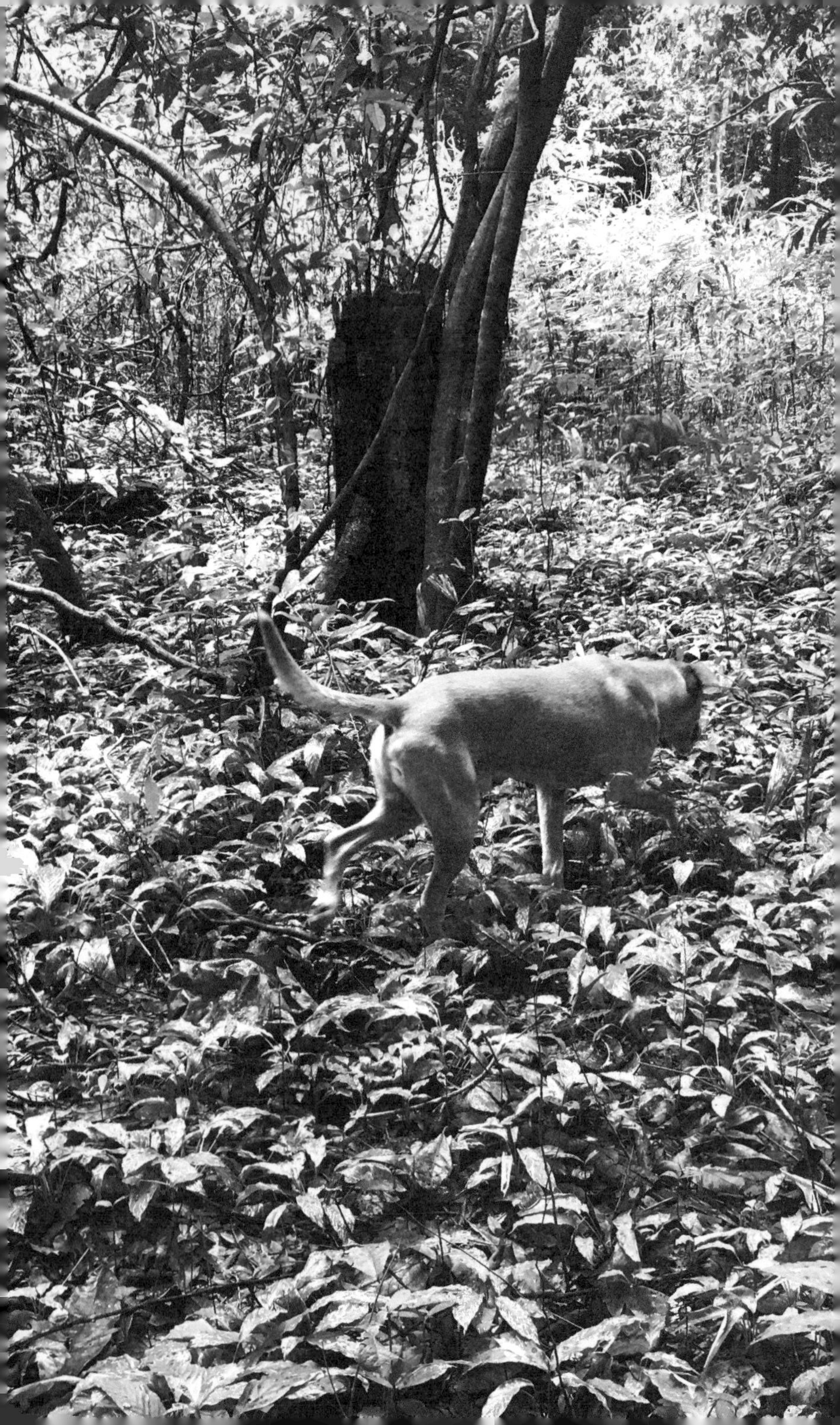

亚马孙
Amazonas

而现在,我们终于要施展人类无耻膨胀的勇气,像我们去猎捕鳄鱼、树懒和山鹰那样去主动追捕蛇的踪迹。

→

"不,小心!"

我紧张地猛回头,以为迎面而来的是一条正在觅食的鳄鱼的血盆大口,或是一只坐山雕扑闪扑闪的水光透亮的威严的眼睛。要么,就一准是那个英国人老盖又在尖声惊叫、小题大做——其实不过是被蜘蛛网吓了个半死。反正,千万不能是蛇!

都不是。

坐在后排的一个蓝色大眼睛的金发小男孩,把脸从两个座椅之间硬挤了过来,提醒我我的林克左前方有个手持38级弓箭正准备发射闪电箭雨的蜥蜴大怪!他的眼神和威严或是惧怕毫不相干,他是想说:"姐姐,能不能也借我玩一下《塞尔达:荒野之息》?"

我这才如梦初醒般回过神来,谢天谢地,我已经在旧金山飞往北京的飞机上了。机舱温暖、干燥、狭小,如果不是考虑到它正在云层之间飞翔,你蜷缩在里面会感到相当安全。而那片神秘、广阔、危险的丛林,连同一整片南美大陆,都在离我飞速远去。除了逐渐消亡的记忆，没有任何东西能够证明我曾经在那里待过：被白河日间毒辣的太阳晒黑的肤色很快会逐步白回来；被食人鱼、萤火虫卵、酸枣汁填饱的胃先是被秘鲁菜洗劫，继而又折服于墨西哥玉米饼夹一切，现在，正渴望一盘冬笋、芦蒿或是水芹——胃太善变，毫无担当；一箱子浸满了丛林里的泥土、每天会数次突然降临的雨水、船只缝隙里不断涌入的河水的褴褛衣裳——它们是最快褪去印记的东西，一等回到有水有电有手机讯号的世界，我就找了家洗衣房；那么还有什么呢？如此想来只剩下更加过分膨胀的勇气，和忽起忽落的想要离世界近一点、离生活远一点的好奇——且慢，这勇气真的膨胀了吗？我感到一片凉丝丝阴森森的东西盘上了后脖颈，正想呵斥那小鬼别来烦我，低头一看竟然是条绿油油滑溜溜的蛇。

"姐姐，你还是不愿借我 Switch？"那小鬼狰狞的笑声回荡在机舱上空。

救命！

我从床头惊坐起，原来是一个梦。我是谁？现在是什么时候？我在哪里？黑暗中我花了好一会儿工夫逐一确认这几个问题，然后才重新钻回被子里：寒气让我立刻明白自己是在南方，准确地说，是我家。依照窗外的明暗推算，应是寅时。至于第一个问题，每每思及，答案总是语无伦次——当你离开人生游戏初始时的那一小片版图上路以后，只会愈加分辨不清自己是谁。

看上去，亚马孙真的已经从我的身体里消退了。连环佩叮当穿山越水的《塞尔达》都已经是过去时。在重新打开空白文档写上"亚马孙"三个字的时候，我几乎已经把那片雨林整个儿从头脑中抹除。而那仅仅是不到两个月之前的事。我厌恶所有冒险故事的结局：霍比特人打败了索伦毁灭了魔戒，回到了夏尔温暖狭小的霍比特人山洞里；哈利·波特解决了伏地魔然后顺利和金妮成家，在魔法部工作，育有三子；林克……我没有打通《塞尔达》的重要原因就是我知道结局是什么！林克打败了四大神兽，打败了加农，解放了海拉尔大陆，找回了他的记忆，然后和塞尔达公主过上了幸福平静的生活。总之，所有历经千险的英雄归来后都过上了幸福平静的生活，那块伤疤再也没有痛过。幸福平静当然挺好，可是，当我合上一本书，或是走出电影院时，总希望有人能够拍拍我："嘿，别走，冒险才刚刚开始呢！"

这就是为什么每当我拖着行李箱疲惫地回到家，总要恍惚好一阵儿才能确认自己回到了人群中，重新习得文明世界的礼仪：如何接电话，如何维修热水器，如何组织一场聚会，如何同自己不喜欢的人打交道并让他以为你不讨厌他。而为了避免再度融入社会，我选择麻痹自己：一头扎进海拉尔大陆是一种办法，在虚拟世界继续探险；或者是睡觉，每天在梦中不同大陆的废墟上杀敌一千自损八百，不用担心醒来会看见——

蛇。

"那是一条灰白色的森蚺,有黑色的花纹。"
"天哪,幸好我起得比较晚。"
"放心,你在这里三天里总有两天能碰见它们。"

我像往常一样六点多醒来,在七点钟的早饭开始前就溜达到餐厅——准确地说,是吃饭的那间草棚,首先以帮工的名义视察一圈后厨,在食物被端上桌之前先帮大家义务试个毒,然后倒杯咖啡站在草棚门口,准备七点一到就摇响挂在门口的铃铛,通知所有人开饭。就是在这时,我听到了我们的向导阿杰和那对澳大利亚情侣的对话。

"什么森蚺?"我打断他们。

"嗨,没什么,今天早上我们的小船上来了一位不速之客。它已经被我们赶跑了。"阿杰轻描淡写地说。

我必须和你们形容一下我们的小船有多小,那就是,它太小了!这使得我们平时出去狩猎或是钓鱼时,时常不得不分为两支队伍:每条船仅容得下五六人,船尾会坐着一位船夫操控马达,船头通常坐着我们的向导。行驶在亚马孙河河面上的时候,必须小心绕过那些浮着大片水草的地方,以免发动机被水草缠上而熄火。如果这一天的雨量不够,水面降低,在穿行某些浅岸时,我们的船会随时搁浅。这时,就连向导阿杰和天不怕地不怕的砍刀大哥也只敢用船桨探入泥沼，帮助小船重回水路。因为在这片平静的水面以下，有无数的凯门鳄、食人鱼、黑海豚，以及，水蟒。

所以，虽然船总是不断渗入河水，坐在狭窄的小搁板上一点儿也不舒服，却没有一个人敢让自己身体的任何一部分离开小船15厘米。

可想而知当我听说早上醒来，人们发现一条森蚺盘踞在我们的小船里面时，那画面该有多壮观了。我们住的草棚也就在岸边20米开外的地方，每当夜幕降临，鳄鱼们就会搁浅在河岸线上休息。这时你靠近河岸，在高处用手电筒向下照去，就会看见一大片亮晶晶的东西——那是鳄鱼的眼睛。

我们的害怕没有太多必要。在这片无穷广袤的热带雨林，乃至整个地球上，最令人害怕的动物其实是人类。这就是为什么在这片雨林，我们的交通工具是这样破这样小的一条小船；我们最好的武器是一把无甚特别的砍刀——它甚至都不是用来对付生物，主要是为了在雨林穿行时，砍掉从旁逸出的枝条，开辟出一条供人行走的道路；剩下的装备，就是经验、智慧和勇气。雨林里的生灵将人类视为天字第一号大魔王，当我们的小船行驶的时候，水面以下的那些生物其实完全不会靠近，我们只能远远地看着水面泛着的白沫——那是在吐气的水蟒，炫耀性地跃出水面的黑海豚——我们总也追不上它们，以及每当我们靠近就迅速投入白河的凯门鳄。

"那真是……太遗憾了。"听了阿杰的话,我假装附和。对我来说,这事儿的惊奇效果远大于惊悚。不过,森蚺盘踞在一条小船上的画面仅仅在我脑海中待了三秒,我就把它置之脑后了。一天中最重要的时刻到了,我摇响铃铛。

开饭!

当然了,这也很可能是因为我并没有亲眼见到那一幕,才叶公不害怕蛇。

"对了,今天我们做什么?"我问阿杰。

"找蛇!"一旁的澳大利亚情侣抢先向阿杰建议道,他们显然才是真的遗憾的那一对。

我就不明白了。为什么非要跟蛇过不去?!

我刚想反对,走近草棚的美国大哥以不容置喙的语气命令阿杰:"对,今天必须再找一次蛇,明天我就要走了。"这位大哥长得活像一头毛象,远远走来的隆隆声让你想不注意他都难。他是美国白人中让人讨厌的那一种——自以为是,又以自我为中心,经常以所有人都能听见的音量强奸阿杰的自由意志,活脱一枚巨婴,老实说我看他不爽已经很久。

我在这个小小的雨林营地待了有些日子了。这里没有手机讯号,没有互联网,几乎与世隔绝。不是我不愿意出去,而是来这儿一次太不容易了:从巴西进入,先飞抵倚傍雨林的小城玛瑙斯,然后坐车到码头,换乘船只,横穿白河与黑河的交界线,到达对岸雨林的边缘,再坐上几小时把人震得丢盔卸甲的小面包车——在几乎是沼泽的泥路上,然后再坐小船在迷宫般复杂的水路里弯弯绕绕,才终于登上小小一片的一个驻点。如此才不过摸到雨林的入口而已。文明是在来路中一点点被脱掉的,从目睹这些肤色黝黑、穿梭于密林间、赤脚踩在泥浆里的人开始。小船进入密林的路上,尚未有任何凶猛的生物现形,才认识不久的阿杰突然跳入河水,博初来乍到者一惊,那会儿我的确是张大了嘴巴蹦出一句"我去"。那时,我对雨林的凶险认识都还弥留于想象,这意味着惊惧的极点。这些日子以来,随着想象的迷雾被一点一点擦除,我自以为已经与所有的活物泰然相处,全然忘了世间万物还有一样生物是我尚未克服的。

"好,那就去找蛇。"阿杰拍板道。

这会儿我终于开始紧张了。我在坐立不安中吃完了本就味如嚼蜡的早饭。在亚马孙,我们吃的食物主要来自外界数天一次的供给。我来时就随同几大袋面包、奶酪、冻牛肉、冻鸡肉、蜜瓜、饼干、啤酒构成的口粮一起漂洋过河,当时压根儿就没想到和我一起坐在船头的这些看上去实在让人无甚胃口的东西就是我未来的食物。我以为雨林地大物博,动植物丰富,各种飞禽走兽植物菌类都是现成的山珍野味,完全可以自给自足——事实证明,这只是我对印第安人的误解。我们抓住过犰狳、凯门鳄,观望过树懒、坐山雕、海豚,看见过美洲豹的脚印,嗅到过雨林最毒的毒蛇分泌物的味道,钓食人鱼是其中最轻松的活动。每一次我都兴高采烈，以为这些可怜的生灵将出现在中午或晚上的餐桌上，它们的骨架或是皮肤组织将成为战利品的一种证据，挂在几十年后我位于古巴的别墅——就在海明威那栋的隔壁——的墙壁上。但最终只有食人鱼被我们大快朵颐，其余生物只不过配合一下我们这些野生博物学爱好者的浅薄观察和（主要是）虚荣心的满足，就被重新放归雨林。

"所以，你去吗？"同伴斯诺登问我。

面对他对我一路上过于蓬勃的胆量的信任，我咽下一口胡萝卜。"当然。"

八点一过，我们整装待发，在岸边集合上船，经由水路向雨林深处前行。说是整装待发，实际上，只有第一天是整装待发，按照官方旅行指南的建议，我们应当着长裤长袖、运动鞋，做好防晒、防蚊和防雨等若干种准备。我们的营地有两位向导，除了阿杰之外另有一位女向导小梅。但无论阿杰还是小梅，都更近似于一位掮客，真正与雨林关系密切、深不可测的带头大哥是砍刀哥。顾名思义，砍刀哥使得一把好砍刀，刀不离手手不离刀，在雨林间穿行如风，游动如影，为我们这些门客开辟道路，保驾护航，从不说话。主要是因为他只会说巴西葡萄牙语。于是，第一次向雨林深处探险时，所有人都老老实实按照官方指示武装到牙齿，就连我这样一向随便的浪客也穿上了唯一一条长裤——那是我从家出发上路时直接穿着的一身睡衣。然后我们像傻子一样跟在穿着汗衫裤衩和人字拖的砍刀哥身后,这着实伤害了我们的自尊。再之后的行动,我们身上的装备都开始心照不宣地减少。除了那位来自英国、说话带转音的哥们儿老盖,他连餐具都是自带的,每天在那间简陋的草棚里吃饭,会把它们成套地整整齐齐地摆在桌上,像要进行什么魔法仪式。我不由得怀疑他还有成套的丝绸睡衣和三条以上不同花色的泳裤。这样的猎捕行动,更适合他的打扮是一套浅绿色童子军服,配红色三角巾。

我从阿杰那里学到的有关雨林最重要的知识是,"有毒的蛇在地上爬,无毒的蛇在树上走"。这是因为有毒的蛇并不害怕和其他地面生物狭路相逢,比如,人。"所以,走路的时候注意你们的脚下,如果不小心踩到一条毒蛇,那你就死定了。"有一些蛇有着和雨林地表相近的掩护色花纹,分辨起来就更加困难。阿杰说,这一带最毒的一种蛇,可以让你在两小时内死亡,而去玛瑙斯的医院至少要花上三个钟头。学到这个知识后我的眼睛就没离开过地面。我与蛇狭路相逢的画面成为一个悬而未解的谜,盘踞在我的眼前,是我完全地进入这片神秘的雨林前的最后一台护城炮塔。有好几次阿杰和砍刀哥都嗅到了毒蛇的气味,提醒我们它就在附近。还有更多次,我们在路上看到蛇褪下的蛇皮。可我依然没有与它正面相逢——我既小心又几乎是盲目地在雨林中行进,眼睛既徒劳地在盘根错节的树上、地面上、半空中寻找蛇的踪迹，又害怕真的看见一条蛇。假使它真在我的必经之路上，我与它彼此不知地擦肩而过岂非更好？

而现在，我们终于要施展人类无耻膨胀的勇气，像我们去猎捕鳄鱼、树懒和山鹰那样去主动追捕蛇的踪迹。这让我陡然增长出一种奇怪的安慰，像是终于走出讳疾忌医的大象的房间，去做一场开颅手术：一旦我真正地看见一条蛇，我也终将克服它。

我们沿着河岸线徐徐前行，目光盯视着岸边那些巨大的彼此纠缠的榕树，运气好的话，或许我们可以直接发现一条蛇。前几天我们去寻找树懒的时候，也是这么做的，它们是严格的植食者，以树叶、嫩芽和果实为食，一生可能都不会下地。我们花了许久才找到三只正在避雨的树懒，它们冷冷地挂在那里，仿佛与几米之下的这些生物不同处一个世界。

小船靠岸，阿杰选择了一处蛇最爱出现的地方带我们进入。那些藤蔓错综复杂，实在难以分辨有没有蛇盘踞其间。

砍刀哥说了一句什么。"我们最好分头行动。"阿杰翻译道。

"分头？"我大吃一惊。

"这样概率才会高呀。"阿杰说。

砍刀哥误会了，我可不是什么找蛇的好手。但眼下，所有人都已听从阿杰的建议四散开来。我老老实实找了一个空阔的地方待着，假装加入这场找蛇的战役，并且保证自己待在砍刀哥足以在三秒钟内赶来救援的距离内。

"喂,你怎么站着一动也不动?"斯诺登问我。

"因为……"我有些尴尬,"我好像闻到什么了!"我抬头聚精会神地观察距离我一千多米的树干。

斯诺登是我这趟亚马孙之行的同伴。和我不同,幼时在乡间成长的斯诺登有许多捉蛇的经验。对他来说,这是一种返璞归真的童年游戏。对我来说,这就是地狱。我手无寸铁,但我不甘示弱。

"啊呀——"

忽然,我听到一声尖叫。

所有人从不同的地方雨后春笋般冒了出来,一齐向尖叫声的方向快步而去。我识出这是老盖的声音——还能是谁呢?我刚想迈出步子,又立即收住了腿,等到其他人都围了上去才慢悠悠地晃过去,假装自己像奔赴疆场那般刚刚赶到。

原来只是一张蛛网。老盖不幸地一头撞上了那张蛛网,他一脸嫌恶的表情,试图把那些看不见的蛛丝从脸上弄下来。"真是倒了血霉了!"毒蜘蛛我们前一天才抓过,阿杰生动地给我们展示了蜘蛛的各个组成部分,以及它喷出毒蛛丝的过程。

见他没事,大家又四散而去。

半个时辰过去了,我们依然未能找到一条蛇。阿杰带着我们穿过一片泥泞的稻田,来到另一片林子。这会儿开始下雨了，我们都没有穿雨衣，已经习惯雨林这随心所欲的脾气秉性。

"这下麻烦了，下雨的话就更难找了。"阿杰眉头紧锁。

听了这话，我心里竟有些失落。

我深刻地记得那些克服人生所惧之物的时刻。它似是不知不觉来到的，你突然发现自己已经不害怕了。无法预知，只能回望：蟑螂，它曾是我童年在爷爷奶奶家成长时去厨房不敢轻易开灯的缘由，等到大学时，我已经习惯它在半夜爬上我的桌子，和我一起读《玻璃球游戏》；青虫，那是我中学上学路上只敢在道路中间行走的理由，因为家门口青虫成灾，我为此拨打市长热线请求有关部门来解决此事才罢手，后来在墨西哥时，它们已经成了我的下酒菜；壁虎，重返北京独自居住的夏天，壁虎常光临寒舍，我试图拍照发给朋友求助，也只敢用调焦的方式靠近，次年夏天，我已放心聘用它们取代我的驱蚊液。随着我发现世间令我惧怕之物逐一减少，我非但没有感受到某种胜利者的信心，反而有一些惆怅。可能是一种类似独孤求败的孤独。

唯独蛇。

我试着用行为疗法克服这一最后的顽物：每到一处陌生地，我总要去动物园拜访，逼迫自己在爬行馆的玻璃窗之外凝视着它们。然而，你凝视毒蛇，毒蛇总不会凝视着你。况且还有一层玻璃。直到在哥本哈根的动物园——那个动物园以人与动物和谐相处的自然主义设计闻名世界,所有的展馆都尽量遵循开放式设计,让你感到并不身处在独独观看的位置,也身处在被观看、被触摸、被猎捕的位置。你可以沿路而下走入一片沼泽抚摸大象,也可以在离老虎极近的位置听它打呼的声音,你们中间只隔着低矮的泥墙。我不知道动物园的设计者用了什么办法打消动物把人作为食物的想法,抑或他们也只是随缘。当打开爬行馆的大门,发现自己站在森林小径,蜥蜴从面前飞快爬过,头顶的枝叶中似乎正盘桓着一条活物……我直接崩溃,吓得抱头蹲在原地,一动也不敢动。在坐着儿童车嬉笑的碧眼女娃娃和她的白胡子老爷爷的掩护下鼠窜出门。

眼下,雨势渐大,蛇的影子半点儿也瞧不见,我们似乎就要打道回府,我竟然十分失望。好不容易上了一次战场,连一发子弹都没有向我射来,战争就结束了?我还惦记着和海明威做邻居这件事呢。

阿杰没有出声,仍在一处一处地寻找。

到达玛瑙斯的那一天大雨倾盆。因为是圣诞节,这座小城里没有一家餐厅开门,我和同伴饥肠辘辘地叫了一辆 Uber 在城市里转悠半天,最后仍然只能回到大雨中的酒店,在外卖软件上选了为数不多的一家还在供应食物的餐厅,点了一条大鱼。鱼是这座城市的主要食物,大盖巨脂鲤鱼(Tambaqui)

是这里最有名的品种之一，这种出产自亚马孙河的淡水鱼，体长可达 1.1 米，最重可达 44 公斤。吃这种鱼，最典型的吃法是将鱼分开，用盐、大蒜和柠檬腌制，腹内填入藜麦和香蕉，或是洋葱、西红柿等蔬菜内容物，然后烤。一条大鱼往往供一桌人分享，鱼上桌时会有藜麦、豆类、蔬菜沙拉等各式配菜，同鱼肉一起放入盘中，让鱼肉卷上配菜一起入口。这是我吃过的最美味最娇嫩的鱼，可惜，我是在即将离开这座城市的时候才吃到。玛瑙斯是巴西亚马孙州的首府，地处黑河和索里芒斯河（亚马孙河支流）交汇处，是巴西人口第八多的城市。它还有另外一些称呼，比如"亚马孙心脏""森林之城"。是的，造访这座小城的游客，几乎百分百不是为了在此停驻，而是为了驶向那片更深处的无限广袤的雨林：亚马孙。

玛瑙斯本是一座因发达的橡胶业而出名的城市，在橡胶业兴旺的时候，那些靠这个产业发了财的商人在市中心斥巨资建造了一座歌剧院，即亚马孙歌剧院。歌剧院的修建计划于 1881 年提出，目的是使玛瑙斯成为巴西文化艺术的最高殿堂。剧院的建筑材料采购自世界各地——来自阿尔萨斯的天花板，来自巴黎的家具和针织品，来自意大利的大理石台阶、廊柱和雕塑，来自英国的钢制品等，几经周折，前后经过 17 年才修建完成。1977 年，德国导演维尔纳·赫尔佐格决定拍摄一部讲述 20 世纪初南美秘鲁的空想主义者的电影，这部电影就是著名的《陆上行舟》，而片中的歌剧院便是玛瑙斯的这座亚马孙歌剧院。

如今，橡胶业早已没落，亚马孙歌剧院还在上演着经典剧目，大多可免费入场，是当地人休闲纳凉的去处。支撑玛瑙斯的，除了旅游业之外，主要是电子这样的轻工业——实际上，它已经成了中国人的轻工业"殖民地"，中国的商人在当地开发大量的代加工厂，一如在巴西的其他城市。我在里约热内卢参观贫民窟时，贫民窟的向导不停感叹："我们是曾经的金砖四国，可如今你们把我们远远地抛下了。"

"我在这里已经干了七年了。"一次午饭，阿杰告诉我们。这个营地以及这一片雨林，都隶属于他的老板。事实上，他的老板才是我们寻访此地的真正目的。我们最开始在距离巴西利亚三小时车程的一个村子听到他的名字。"那是一位传奇人物。"村子里的人告诉我们。这位大佬二十岁出头的年纪便因挖掘金子和钻石暴富，后来制毒，拥有一大片古柯林，再后来金盆洗手，读了一个地理学的学位，盘下了一片雨林，同政府合作，开发和保护雨林。

阿杰在他的公司工作，主要的工作内容就是安排并带领我们这样的访客在雨林短暂停留。像这样找蛇钓鱼的活动，他已不知重复多少次。我猜比他更疲倦的是那些被一次又一次抓住又放生的动物。"又是这群傻子。"它们大概这样想。从这个角度来说，我痛恨自己，也清醒地知道这里并非真正的亚马孙。真正的亚马孙在更幽深处的无人区，在那里，人并不像他们自以为的那般厉害。

这是阿杰与我们为数不多的谈心时刻，大部分时候，我们都在各自的角色里表演。"那你有什么打算？"我问。

"我想辞职，然后自己做老板。"阿杰说。

尽管来了一些日子，我们却始终没有见到这位神秘的大老板。大老板很忙，这片营地只是他的一小部分财产。

"哎哟。我们什么时候才能回去？"老盖捂着脸呻吟着，不知道是他的心理作用还是那片蛛丝真的有毒，反正他看起来不太好。美国大哥哼了一声，假装他不存在似的，嘟囔着："我今天必须要看到蛇。"只有那对心地善良的澳大利亚情侣同情地递给老盖一些消毒纸巾。

我曾写过一篇小说，题目叫《看蛇》，讲的是一群貌合神离的同事一起去动物园看蛇的故事。那场景与现在相似极了。如果按照恐怖片的套路，老盖这样的角色应该是第一个挂掉的，蛮横自我白人至上主义的美国大哥则是倒数第二个挂掉的。最后会留下男女主角和一位桑丘·潘沙，桑丘会为了保护男女主角而成为最后一个挂掉的人。

雨不知何时停了。

大伙儿的劲头都疲了，散在各处。我走到砍刀哥身边，找他借烟。他拿出烟纸和烟丝，给我卷了一根当地土烟。没有过滤嘴，因而抽起来格外冲头，一口下去我就晕了。恍惚中，我似乎站在《现代启示录》男主角穿越越南丛林后的河流尽头，他要找的传说中疯了的上校正在那里等他。

"孩子，你终于来了。"我听见毒枭大佬这么跟我说。

事实上，我们最终与大佬相遇的画面是这样的：在从亚马孙回文明世界的路上，我们从船上下来转而准备坐面包车时，码头上，大佬正在亲自帮忙搬运一箱箱货物，如我们进入雨林时所见，那些货物是他们接下来的口粮。"大哥，我终于见到你了！"我兴奋地和大佬行吻面礼。

"你好。"大佬大腹便便，笑容可掬，不像一个学者，也不像一个毒枭，像我的叔叔。

"这是我的朋友斯诺登，他曾为美国信息安全部门工作。"我这样介绍道。

"那你真是碰对人了。我曾经就在你们的通缉名单上。"大佬说。

现在，我抽完了那根烟，已经把蛇的事情忘了个干干净净。

"我找到了。"阿杰平静的声音突然响起。

我们一点一点聚集过去，顺着阿杰的目光抬头看向一棵树的上方。就算如此，要立刻找到那条蛇也不容易。我移近一步，又退后半步，调整了好一阵方位，才终于看见它的样子：

那条蛇有着青绿色的背部和白色的腹部，盘绕在树枝上，有五六米长的样子，听到响动声，它开始朝着树枝的更远处移动。

人们伴随着它移动的速度发出唏嘘声。砍刀哥找到了一根长长的木棍交给阿杰，两人爬上那棵树，准备设法把那条蛇弄下来。

我退后了几步站着，看着他们的行动，感到前所未有的平静。我知道，我将再次学会一种名为亚马孙的伤感。

2018/2/24，仰光

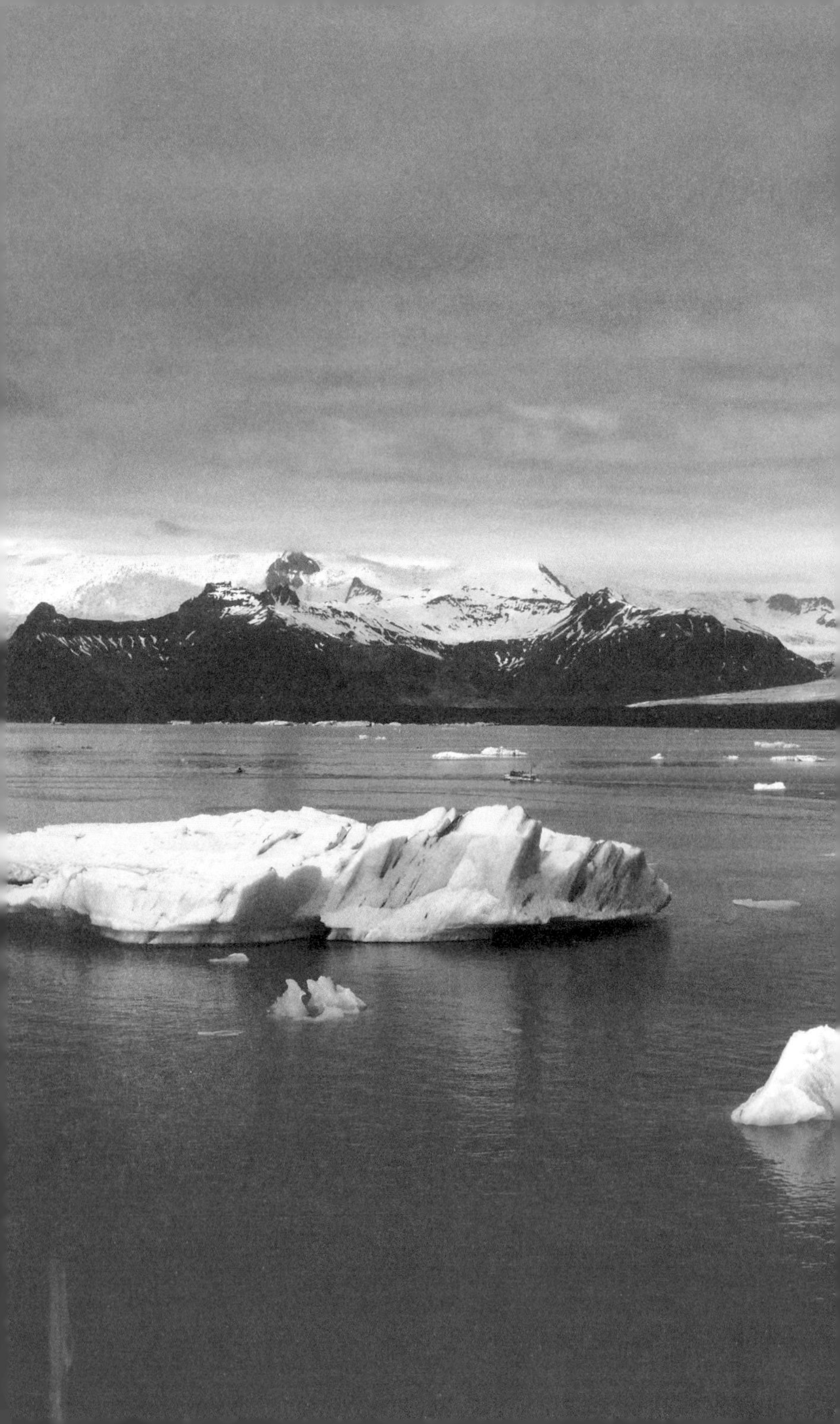

冰岛
Iceland

从聒噪的国度而来的旅人,自然视一切宁静为奇迹。唯一感到确切的是,经此种种,我也可以像冰岛人一样,"提示勇气和信心,让所有道理变简单"。

➡

一、到达

"请问中国大使馆在哪儿?"我终于逮住了一个路人。

"我不太清楚,你有地址吗?"对方问。

"网站上说是这个地址。"我把手机拿给他看。

"Bríetartún 街 1 号?那离这儿应该很近,你可以问问这个酒店里的人。"他指了指一扇门。

"好的,谢谢您。"

于是我捏着手机,在雷克雅未克的小雨中走进旁边的酒店,很快得到了我要的答案:确实就在不远处。当我踩着积水,一瘸一拐地努力移动到中国大使馆门口,摁下门铃时,才发现大门上贴着一张布告:

领事部办公时间:周一、周三和周五上午 09:00 至 11:30(节假日除外)。

这是6月10日，我来冰岛的第一天，周五。这时已经是晚上七点，虽然天色看起来和早上七点乃至下午三点都没什么区别。我终于从每天尚有四个小时黑夜的北欧挪到了完全没有黑夜的北极圈边缘。我以为自己习惯了极昼，就是习惯了这边的陆地、海洋与天气。我错了。从机场巴士下来，拖着大号行李箱，背着沉甸甸的双肩包，我心想总算可以稍作休息了。意外就在这时发生了：好不容易推开沉重的青旅大门，一刹那我感到右脚一阵剧痛，低头一看，包裹门脚的铁片翘了起来，刚划过我的脚后跟，等我扒开袜子，发现脚后跟已鲜血淋漓，而我面前前台的金发姑娘甚至都没什么反应。"麻烦出示下你的护照。"她仍然在有条不紊地为住客办理入住，像个没有感情的机器人。我身后的客人已经有些不耐烦，嫌我堵在前面。

"能不能先让我处理下伤口？"我说。

她这才注意到我似乎是受了伤。

"你们的大门上有个钩子！"我压抑住火气。

"哪里？"她的眼睛都没有抬一下。

我只得单脚跳回大门处，指给她看："这儿。"

"哦，谢谢你。"她说话的语气倒并不平淡，而是带着感谢的欢快，好像我帮青旅指出了一个漏洞，让他们得以改进，而不是——

我被你们的大门弄伤了，你们就不该做点儿什么？！

在我的强烈要求下，前台这才找出了急救箱，摸索了半天，递给我两片大小合适的创可贴。

"你们就没有什么可以消毒的东西？"我看着那两张创可贴，心里已经快崩溃了。

"没有，你只能用水清理伤口了。"她朝洗手间的方向努努嘴。

好吧。

说实话，伤口没有那么疼，只是看起来比较吓人。我妥协了，何况舟车劳顿，目前我最想做的是赶紧安顿下来。前台继续登记的手续，给我钥匙，告诉我青旅的使用方法："如果你需要被子的话，你得再付1000克朗。"然后接待下一个旅行者。我被彻底忽视了，没有一个人注意到这里有个年轻女孩，脚上受了伤，抱着拉链坏了的背包，脚边是一个沉甸甸的箱子。而青旅没有电梯。

你能怎么办呢？

于是我小心翼翼地把鞋穿好，背上背包，拎着箱子上了楼梯，找到了房间，挑了一张没人的床。靠门。也许靠门不是什么好选择，但目前恶劣的心情让我不想深入社交腹地，和其他邋里邋遢的流浪者共享一块天窗。

简单处理完伤口，整理好行李，差不多是下午四点，肚子开始叫唤。刚刚发生的意外尚未击退我初入新大陆的新鲜感和好奇心，对旅行者来说最宝贵的永远是时间，于是我换上防水的山地鞋、冲锋衣和冲锋裤，走进雷克雅未克的雨中。

在冰岛没有人打伞。一是你根本不知道什么时候会下雨，默认情况下，雨总是在下的。二是从旁斜出的雨每时每刻都在改变方向，雨伞并没有什么用。还有一点我认为最关键，雨是夏季冰岛的一部分，没有谁想用雨伞遮住冰岛的一部分。任何一部分。

另一个情况是，冰岛没有什么靠谱的公共交通。这意味着对大部分漂流至此的旅行者来说，你要么选择步行，要么就得有张驾照。

这就是为什么我决定一旦结束这次旅程，第一件事就是去考个驾照。

事实上第一天我住的这家名叫 Bus Hostel 的青旅就是个为自驾者准备的地方，因此被子确实并非必选项，有些人自带睡袋，开始冰岛环岛自驾前，在此休憩整肃。相比那种更有大家庭氛围的青旅，这里不过是个过客们来来往往暂驻的补给点。我也一样。由于没有驾照，无法选择自驾，我只能以雷克雅未克为轴心，跟着当地各种各样的旅游公司，往返于雷克雅未克和冰岛其他部分。第二天一早，我就会离开这里，去冰岛的东南地区，深入冰川腹地。选择这里纯粹是因为够便宜。

雷克雅未克完全不像一座首都，把它放在哪儿都更像是一个五光十色的小镇，而非城市，然而这符合大家对一座紧贴北极圈的小岛的想象。步行便可从首都的一头走到另一头，不需要地图，你就可以认出城市的主干道：那是唯一一条两旁分布着店铺的向下延展的小路。是的，小路。在雷克雅未克没有大路。一旦你看到大路，说明你已经偏离了市中心，向无法预知的深处延伸：黑灰色的坑洼不平的火山岩地表，鲜翠欲滴的夏加尔绿山川，无人荒野的紫色鸢尾花丛，一望无际的深灰色冰川，小艇似的蓝色浮冰，吐着热气的岩石沙漠，怪模怪样盛产精灵的岩丛。在冰岛，各种极端地貌集中在了同一块岛屿上，千变万化。穿梭其间，你无法预测下一秒眼前将出现什么。

相比之下，雷克雅未克这个小城就显得不那么令人激动了，尽管五颜六色的小房子组成的这座城市着实像是童话世界，让人忍不住举起相机。我沿着主干道往市中心走，没一会儿就来到了风琴教堂——雷克雅未克的标志性建筑，这座教堂以冰岛文学家哈尔格林姆斯的名字命名，外形宛若一座巨大的管风琴。在冰岛你能看见许多这样充满现代感的北欧风格的教堂。阴天的时候风琴教堂也显得阴郁，如果是在瑞典我大概要抑郁而死，可在冰岛，这份阴郁显示出不同的境遇，在这里，孤独夹杂着新鲜的风，是心境开阔的征途。

从教堂往海边走，沿路是各种商店和餐厅，主要针对游客。我按照猫途鹰的推荐找到了一家吃鱼的餐厅，坐下后，旁边那桌恰好坐着两位从英国来的中国留学生，已经吃完了盘

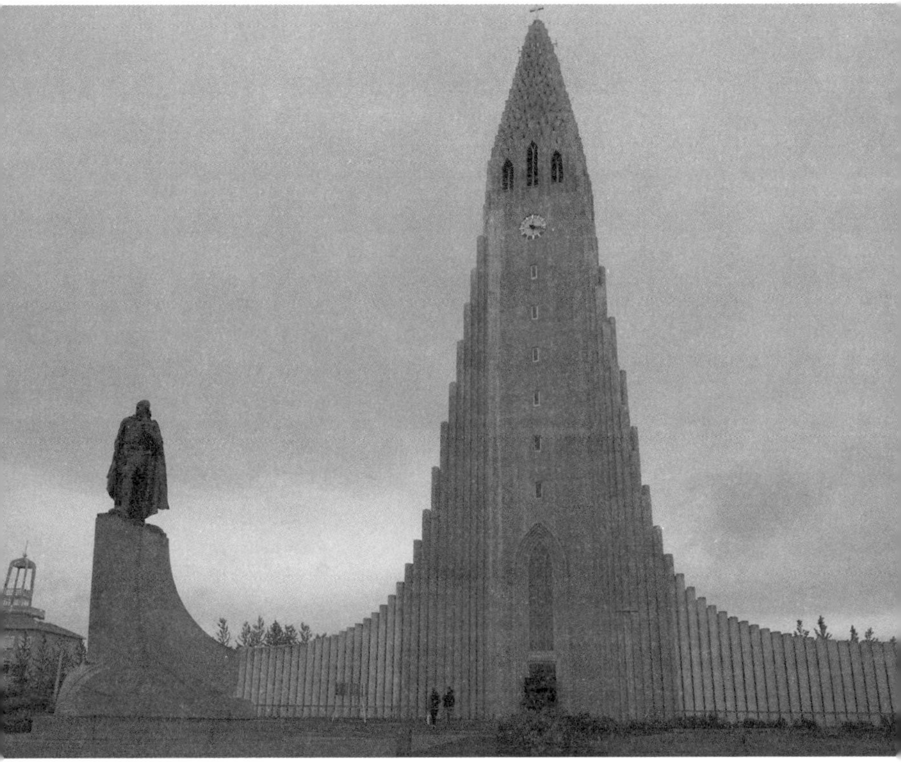

子里最后一点食物。"嘿,你们吃的是什么?好吃吗?"我问。

"别点餐单上第一道鱼,太咸。"第一个人说。

"也别点第二道,太咸。"第二个人说。

最后我点了比目鱼。嗯,还好,只是有点儿咸,但绝对谈不上美味。我于是有些明白了为什么世界上五大最难吃的食物,冰岛占了三样:海燕肉,腐烂的鲨鱼肉,臭鱼头。每一样食物的工序都极其复杂,目的是让它们达到难以下咽的极限。

英国人迈克尔·布斯写了一本专门讽刺北欧五国文化的书,名叫《北欧,冰与火之地的寻真之旅》,在这次出发前,我散漫地翻了翻,本以为是本游记,结果却发现是一本吐槽集结。英国人,你想想。等到我结束这次旅行回到家,重新看了一遍这本书,才发现他的吐槽有多么精准:"什么样的人,在身边有着全世界最美味、最新鲜的鱼类,也不缺少冰块来储存鱼类的情况下,宁愿去吃有毒的腐烂的鲨鱼肉?这似乎反映了一种不一般的存心作对的心理。"

不过在我品尝过冰岛的新鲜鱼类后,我发现自己还可以针对这句吐槽找出一个新的槽点:"什么样的人,会认为冰岛人有着全世界最美味、最新鲜的鱼类?"

英国人。

在我的旅程中,食物很少成为主题。一是我对吃这件事的热情不够高；二是每当我重新涌起对生活的热爱，做好当地饮食文化的功课，再将它们平均完美地排布到每一天的行程中去，一等到实践，就总会发现最终往往并不能顺利成行。原因多种多样：餐厅不在营业是最常见的，在外面尤其是北欧这类地方你就得适应这种情况，越富裕的地方营业时间越是神出鬼没，因为他们根本不在乎赚多少位食客的钱。在北欧多数国家，晚上六点后你就别想找到一家开门的馆子了，另有一种选择是去 Fine Dining（高级料理），它们往往在晚上七点后开始营业。你最好带上你最高额度的信用卡。还有一种情况是被博物馆抓住的时间大大超出你原本的计划，导致你干脆就错过了饭点，而饥饿让你无法坚持到原本计划前往的餐厅，最后就总是随便就地解决，草草了事。总之，到后来我就放弃了认真将食物作为体验图谱中的一部分这件事。

吃饱之后我顺着主干道往下走，路过了一家摄影店。店主是摄影师，店内贩卖各种他自己拍的冰岛风景照，挂着几百架相机。

他应该见惯了我这样走进来看一圈什么也不买的游客，无心招呼我，只是在忙着冲洗对比照片。我也开始习惯冰岛人对待全世界蜂拥而至的游客的爱干吗干吗。

后来我才意识到冰岛驯养了不知多少这样的独立摄影师。每当我来到一个寄蜉蝣于天地渺沧海之一粟的地方，总会有一个黑点伫立在气象万千的景色中间，别猜了，那准是一个摄影师。他们总是两耳不闻身边事，仿佛游客也并不存在，挽着裤腿，站在极寒的海水里，任浪头不断卷来，眼睛始终盯着脚架上全画幅的相机取景框。

你走进任何一家纪念品商铺，都能看到他们的作品。在冰岛，任何一家书店里最热门的柜台上，摆满的都是摄影图册。题目大同小异，《冰岛绝美摄影》《冰岛，你不能不知道的》《×××冰岛最新作品》，诸如此类。

海边有雷克雅未克另外两个有名的建筑，一是哈帕音乐厅，二是一座名为Sólfar的雕塑，翻译过来叫作太阳航海者，是冰岛雕塑家阿尔纳森的作品。哈帕音乐厅则是"冰岛的经济狂欢达到高潮"时的产物，"如果不能竣工，将会造成更大的损失"。

一个事实是冰岛确实盛产音乐从业者，从胜利玫瑰（Sigur Ros）到奥拉佛·阿纳尔德斯（Ólafur Arnalds），再到约翰·约翰逊（Jóhann Jóhannsson），这很好理解，又不好理解。在这里，除了一望无际的自然美景，人们确实没什么可做的。极昼和极夜交替笼罩整片大陆，再加上极寒天气，人们只得终日宅居在家，除了创作音乐，好像没什么可以打发时间的办法了。以此类推到瑞典也成立，瑞典是世界上仅次于美国、英国之外的第三大音乐出产国。

但是，究竟谁会来哈帕音乐厅演出呢？我想冰岛人自己绝不会为看本地乐队的演出而付出一个子儿，那么又有谁会愿意千里迢迢跑到这里为拢共才32万人口的国家表演？

作为一个马拉松运动爱好者，早先我在网上浏览各地赛程的时候，曾看到过雷克雅未克马拉松的赛事报名活动，被照片上这个宛若仙境的小镇吸引，我心动了大概一分钟。现在才庆幸当时没有头脑一发热就报了名，否则我究竟得在这么小的地方跑多少圈才能完成整个42公里？在斯德哥尔摩跑马拉松的时候，我就被路程的后半程设计弄得百爪挠心，明明有14个岛，为啥非得绕着老城区来回转圈？事实证明在马拉松这种超长耐力的比赛中，重复感所带来的烦躁会呈指数级暴涨。

这个气势磅礴的音乐厅和冰岛大部分的餐厅、商店差不多，一样的空空荡荡，最主要的功能是卖旅游纪念品。

重新走回太阳航海者附近的时候我意识到，尽管雷克雅未克不大，但光靠步行也实在是累，我抱着一丝侥幸打开优步（Uber），上面显示附近的车辆为零。绝尘而去的空荡荡的公交车让我确认这里的公共交通系统只是一个摆设。

好了，现在让我来查一下走回那个可恶的青旅要花多久吧。

半个小时。

雨一直没停。

脚上的伤口隐隐作痛，让我想起明天我得去冰川徒步——我突然感到一股后知后觉的恼火。我怎么才把这茬想起来？也许明天我没法去徒步了！让我生气的另外一点是，当飞机越过大西洋，靠近这片北极圈大陆的时候，我的心情变得亢奋起来：在经历了漫长无聊的北欧之后，我终于来到了一个如此截然不同的时空。从小窗往下看，大片大片的云完完全全遮住了陆地和海洋。这里的云层有多低，要到后来我才真正明白：只要爬到雪山顶，就可以穿越云层，来到云朵之上，简直是神奇。当云层飘散开来，我终于得见一片深蓝和靛青分割明显的海岸，以及碧绿碧绿的陆地。一种相当奇异的颜色与饱和度，让人很难相信它也属于世界的一部分。当飞机彻底停稳，我从凯夫拉维克机场走出，用机场外的公共电话拨通接我的司机的电话，坐上开往雷克雅未克的客车时，我对车窗外的世界感到惊奇。

一个接近宇宙的地方。

我到冰岛的第一站是离雷克雅未克市区车程约四十分钟的蓝湖温泉（Blue Lagoon）。大部分人会选择在到达或者离开时来这里体验一下所谓对健康大有裨益的非天然温泉。是的，非天然，因为这个在一大片黑色岩石地貌中间赫然存在的奶蓝色"湖泊"，实际是附近的地热发电厂的废水池。废弃物中的大量硅泥，据说对皮肤有益，于是，商人们变废为宝，将废水池修建成了一个温泉。在此基础上，开发商甚至还将这些硅泥研发成了一个护肤品品牌，在温泉商店、纪念品商店和机场出售。

当我在零度左右的气温下，快速穿过更衣室和温泉之间的冷风，浸入这片水域时，起先是感到有些无聊。待探索完其实并不大的温泉并找到一块可以坐下来休息的地方后，很快便被一种奇异的感受包围。

风夹杂着雾气呼啸着吹过头顶，从四面八方向这些努力将全身浸没在水下的人头袭来，让人睁不开眼，视线范围只有周身十厘米。我突然感到自己离神很近。一种宗教体验。

但又不完全是宗教体验，准确地说，你感到自己就是上帝。更准确地说，我在想：生活在这里的人究竟是什么样的人？谁生活在这里不会觉得自己是上帝？

也许当我去到荒漠、戈壁、热带雨林、冰原，都不会有这样的疑惑，上帝让那些在艰难之地努力求生的人存在，尽管看上去残忍，却有其合理处。但上帝让人在冰岛这样的地方存在，目的是什么呢？这里完全处在地球上大部分人类的认知之外，除非亲临其境，否则无法感受到这种困惑和震撼。如果你把一个人的眼睛蒙住，然后塞到这样一个地方，他准会以为见到的活物都是上帝。

我为能听懂周围人的语言感到遗憾。在这里，没有人应当相互理解。

泡完温泉后客车把我放在了青旅门口。紧接着就发生了故事一开头的那个事故。这个突发事件将我的情绪骤然拉低，这才是让我生气的地方。上帝为什么让我在体验到神迹之后突然开始降维打击?接下来的时刻我处在一种接近于麻木漫游的状态,等结束了雷克雅未克市区的两小时游,才突然悲从中来。准确地说,应当是恶向胆边生。

一切都是青旅的错。而我不能让这件事就这么轻易了结!

可我能怎么办呢?回去青旅找经理理论让他们赔钱?那家青旅有经理这么个管理层级吗?去找冰岛的警察?好像也不至于。不过,你们好歹得跟我道个歉吧?可事故也不是谁有意造成的。这让我无比怀念日本,虽然我并没有在日本经历这种意外,但我猜一旦出现这种事故,全世界可能只有日本人会让你得到一个满意的答案。哪怕你并不知道自己想要什么答案。

于是我站在中国驻冰岛大使馆门口。

在盯着那张布告十秒钟后,我果断放弃了向大使馆寻求支援的幼稚想法,重新向青旅进发。事后回想,我为自己异想天开的念头感到吃惊,我是怎么想出这个主意的?

"冰岛人真是坏透了!"

我在心里咬牙切齿地想。虽然这事儿看起来纯粹就是我倒霉,可我怎么能这么倒霉呢?!在斯德哥尔摩,跑了个出乎意料的马拉松成绩是让人开心了几个小时,但紧接着就发现电脑被女房东偷看过,这让这份喜悦一扫而空。在哥本哈根,没什么特别倒霉的事发生,但也没什么开心的。冰岛是这次漫长旅程的还魂丹，我把此趟旅行的高峰体验寄希望于这里，期待它能拯救这次糟糕而无趣的旅行。

　　冰岛不负众望，可这一切都让冰岛人毁了。我一边生气一边难过，一边难过一边沮丧，在阴冷的细雨中往青旅的方向踱步。雷克雅未克的地势起伏不定，像在越过一座座山丘。我不开心，看什么都如丧考妣。我应该没那么倒霉，但我现在就是把所有的倒霉事儿全算到一块儿去了。从出生开始算。出生，上学，工作，从童年开始童年危机。这次旅行让我感到惶惶不可终日的主要原因就是我没把该做的事儿做完就跑了出来。这一阵我总爱哭。在斯德哥尔摩的老城区跑马拉松的前一天下午，我坐在一家咖啡馆里就开始凄凄惨惨地淌眼泪，有几大原因：一是我觉得自己无法完成第二天的比赛；二是我觉得自己失败了人生中的大部分比赛；三是我自认为赢了的比赛没有人认为我赢了；四是那家咖啡馆太贵了。

　　现在我又开始觉得自己失败了。一是我太屡了，二是我觉得脚上的伤口还是挺疼的。通常我没那么怕疼，现在我不这么莽撞了。我觉得疼，就更觉得自己屡了。这时我恰逢其时地收到一个朋友发来的问候，这可真是——我站在一个高架桥上，像士兵终于遇到了敌人，有理由按下机枪的扳机，放声大哭。反正这里一个人也没有，全雷克雅未克也没几个人，而且就算有，他们也不知道我是中国人还是日本人，还是韩国人越南人。我也不算给祖国丢脸。我号啕大哭。像一只巨婴。

"你不是眼高手低,你是眼太高了。"朋友说。

我哭得更加响亮。

"这么说吧,你就像一位 NBA 球员。"朋友说。

"谁?库里?"我竖起了耳朵。

"不,不是库里。你太不像库里了。"朋友说。

"我就只知道库里。还是因为他最近的 0.5 秒三分投射。"我说。

"你像詹姆斯。"朋友说。

"那是谁?"我问。

"他天赋很好,但是太靠天赋吃饭,一进联盟就被叫作小皇帝,但前七年啥也没有,他传球视野很好,最全能,但现在还是被人叫作六步郎。"

"你的意思就是说这人天赋异禀,恃才傲物,千里挑一,绝世难逢?"我努力找出这段话里的关键。

"我是说,你别把自己要从事的事想得太简单。"

听到这里我已经走回了青旅,窝在一层大客厅的沙发上,双目肿胀干涸,无神地盯着这个客厅里的装饰和人:客厅里摆放着各种各样的沙发和椅子,邂逅的背包客各自栖居一隅,有人在打台球,有人在摆弄电脑,还有人在盯着我。我像《八恶人》里的下一个闯入者:谁是新来者,谁就必须接受检验。

"我还是不投诉青旅了。"我说。

"为啥？"

"我发现这里实在太破了。他们大概没钱赔我。"

于是我挂了电话，不再继续哭了。绝对不是因为朋友的明贬暗褒——他可能只有明贬没有暗褒，但我只挑好话进耳朵；而是因为我为自己的屄找到了说得过去的理由，不是我屄，是我太善良了，不忍心欺负已经破了产的冰岛人。耶稣怎么说来着？丫给了你一巴掌，你看你要是打不过他，就把另一张脸也给他吧。

二、冰川

八点，我打包好行李，重新坐在客厅里，等待九点钟旅游中介公司接我去冰岛西南部的冰河湖（Jokulsarlon）。时间还早，我买了一份青旅的早饭。在青旅，许多人会选择在超市购买食物，用公共厨房做简单的餐食，解决温饱问题。欧美背包客的年龄普遍偏低，所以大多囊中羞涩。你在外面看见的旅行者，欧美的和亚洲的会有显著区别，欧美背包客穷、脏、放松、浑不懔，亚洲背包客讲究、穿戴齐整、成群结队。青旅不是最便宜的选项，更穷的背包客会使用沙发客网站，混一张陌生人家里的免费沙发。要不是得跑马拉松，在斯德哥尔摩我差点就准备去了。这两类背包客只有一件事是共通的，所有人都会不计代价地饮酒。

九点，大巴和司机都没有出现，青旅的背包客和自驾者已经一批批地走光，徒留我守在门口，那扇将我弄伤的大门敞开着，翘起的铁片仍然在那，我猜他们永远不会把它修好。我给旅游公司打了个电话，然后又过了差不多半小时，在我又快泪意盈盈之前，大巴和司机终于出现了。我已经从前一日的伤痛中走出，但目前非常脆弱，受不了任何打击了！如果可能的话，我会举着一张小牌：

请注意，此人已罹患急性习得性无助，不要让她受到任何刺激。

大巴驶离雷克雅未克，我才又稍稍欢乐起来。与刚刚降落时的兴奋不同，我处在一种慈祥地对路过的美景认可点头的状态，也许是大脑已经适应了这样高密度大信息量的地区，鬼斧神工不再让我感到惊奇。瞧，这是塞里亚兰瀑布（Seljalandsfoss），嘿，那是斯科加瀑布（Skogafoss），现在到了著名的黑沙滩，这里拍过《权力的游戏》，孩子们，下车拍照去吧。

你看出为什么来冰岛一定需要一张驾照了。如果不能自驾，你就等着和这群世界各地的中老年游客一起像牲口一样被导游圈养吧。

导游和司机是同一人，他承担了双份职责。冰岛的旅游

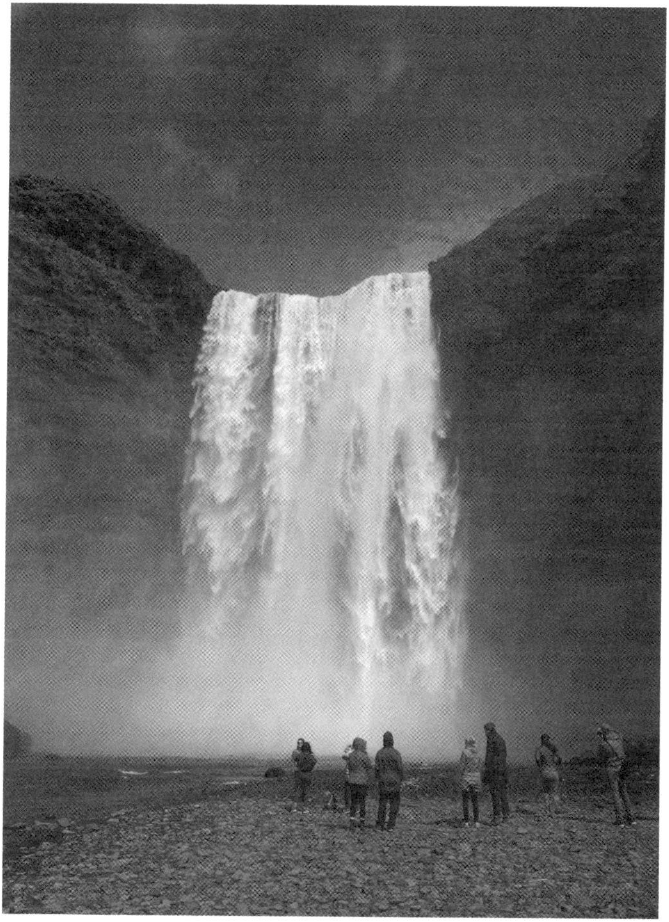

中介公司有许多，我虽然不确定我们的导游和公司的雇佣关系准确是怎样。但可以确定，这肯定不是他唯一的工作。

"在你们的左边，这一片农场曾经住着一对兄弟，后来哥哥不在了。"

大巴驶过了一大片农场，因为它真的太大，导游介绍完这家人的生活，它依然在我们的视线中。我希望当你读到类似农场、庄园这类字眼时，把此时出现在你脑海中的画面驱赶出去。因为在冰岛，它们完全是另一种样貌。简单来说，如果只是看着这片胜地，你会觉得它和劳动、管理、因地制宜这类字眼都没什么关系，更像是一户人家霸占了一处世外桃源，占山为王。

导游煞有介事地介绍着这家人，像是在介绍一个著名景点，而他简单的几句话，暴露出了至少两个事实：

首先，冰岛实在是太小了！这个"小"指的是人口少，而非地理面积小。导游的车一路开过去，不仅每家每户他都认识，还能熟练背诵这些人家的家族史，有几口人，每个人都是谁，做过什么，正在做什么。不知道我们是观光客的，还以为我们是外地来参加当地某大户婚礼的亲戚，正等着管家给介绍这片地方的连襟妯娌关系呢。

在18世纪初，冰岛有5万左右的人口，到了19世纪，变成了4.7万多。即便是现在，也只有约32万人在冰岛生活。我在冰岛的时候，正值欧洲杯，冰岛队作为黑马破天荒击败英格兰，打入八强。据说有一半冰岛人都去了法国看欧洲杯，为球队助阵。这自然是媒体的噱头，不过也能看出冰岛人究竟有多"少"。

19世纪前，冰岛被丹麦统治。直到二战时，纳粹德国占领丹麦，冰岛才逐渐独立。因此，冰岛同丹麦的关系非常微妙。迈克尔·布斯写道："'当阿道夫·希特勒把丹麦兼冰岛国王克里斯蒂安十世陛下俘虏时，'当年的《泰晤士报》写道，'12万冰岛人一点儿也不难过。'"

冰岛的人口之少，导致这个国家完全成了一个熟人社会，这也使得你在冰岛无论做什么，都无法绕过其中的亲缘纽带。迈克尔·布斯在冰岛这一章的一开头就试图弄清楚，导致这个国家经济崩溃、政府破产的原因究竟是什么。他认为过于紧密的社会纽带是一个重要原因，"紧密的社会纽带，在北欧其他几国促成了长期稳定、责任心、平等和繁荣，在冰岛却产生了截然相反的效果"。2008年，雷曼兄弟的破产令冰岛的债务危机浮出水面，"它的金融风暴具有高度的启示性，说明了小规模、同质化、紧密联系的北欧社会所潜藏的风险"。

然而，当你真正身处此地时，很难把在场的感受同"破产之国"联系起来。首先，冰岛如此特异的自然环境令人产生了强烈的间离感，让人很难将此地同一般文明社会遵循的框架和准则联系起来。当然，我有可能夸大了这种体验，毕竟冰岛还不是格陵兰地区，冰岛人也非因纽特人或生活在亚马孙河的原始部族,实际上冰岛相当文明,冰岛人均购书量是全世界最多的。除了占有一片广袤的人间天堂外,他们和我们并无不同,甚至远比大部分地区富足。其次,就算破产了……他们也还有这片广袤的人间天堂啊!

这是我头一次对某个地方产生了归属感。我感到一种强烈的可以在此定居的认同感——如果不是很快发生了一开头的小意外和接下来一系列的意外。在这里,我体验到一种不是在地理空间上的"很远很远的地方"的感受,而是被这个时空的质地所打动的一种疏离感。因为这种距离感,你感到自身存在又不存在。一种类似"空"的感觉。你体会到放下。这种感觉着实把我迷住了。当人生中的所有事情都完成后,我感到自己可以一辈子待在这里。虽然,人生大概并没有所有事情都完成并就此拧开"退休"开关的时刻。我想,也许这并非一种定居的愿望,而是生活的愿望。对一个没有生活的人来说,这可能是最昂贵的念头。

我想起几年前在上海的时候,和几位朋友在一个酒吧聚会时的情形。那几位朋友都是写诗的,其中一位是个飞行员,常年往返于欧洲和南亚等地。写诗的人通常都比较敏感,这位朋友是个例外,他绝对是所有试图用语言描述世界的谋士中最为开朗的那个,即便他总是在愁苦地讲述他有多么需要睡眠。无论是在巴黎还是罗马,飞机抵达之后他永远选择待在旅馆睡完整个返程期,或是去赌场。他非常谦虚地将自己的酒量一带而过，也绝口不与近旁的诗人交流技艺，只是笑意盈盈地说："生活是很重要的，一定要去生活啊。"在那样的环境里我有点犹豫，掂量着这句话背后的分量，因为我并不知道若我回答他我非常赞同，这赞同能让他感受到几分真实。这毕竟是一个与酒精有染且因其精心创造出的环境而显得不真实的场所，那意味着赞同和反对都带有一些值得怀疑的性质。但我还是这么回答的："是的，我非常赞同。"

"在冰岛，我们从来不拍照。"当我们下车，站在蔚为壮观的斯科加瀑布旁，举着相机找出一个完美角度拍下它，想着怎么发到各自的社交网络上时，导游在一旁轻飘飘地说。

见成功地引起了我们的羡慕，他继续说道："在冰岛，我们会做一切事。每个人都有至少两三份工作，比如，呃，搞音乐。"

我们笑了起来。

"是真的，你去医院，连医院都有自己的乐队。"他认真地说。

我相信他说的是真的。这就终于来到了我想说的第二个有关冰岛的事实——

第二，冰岛人大概是全世界最多面手的人。他们的人那么少，逼得每个人都不得不成为一个终极多面手，从个人生活到社会工作，他们无所不做。同时，他们有那么多的土地——我们的导游自己就有一个农场,不过平时他住在雷克雅未克的市区。迈克尔·布斯在书中说:"我采访过的许多人都有第二职业,比如兼职开出租车或者当导游,这种多重身份也蔓延到社会上层:举例说明,前首相经常被人称为诗人,他的外交部长则兼任理疗医生。"

冰岛人可能是所有的文明社会里过着最古典的生活的那类人。

我很快就开始好奇冰岛究竟有没有大学。冰岛人看上去像是天然生长出来的,你知道的,化外之人,一方面这很符合你对一个过着古典生活的多面手的想象,自力更生,自给自足;另一方面,在人这么少的情况下,他们怎么建立起完善的教育体系呢?也许一个小学老师必须同时负责所有年级。于是我立刻掏出手机搜索,冰岛是有大学的(当然了),而且一共有9所。最好的应该是位于雷克雅未克的冰岛大学,这是冰岛最古老也是最大的综合性大学,还出过一位诺贝尔文学奖得主。一个有意思的事情是,我查看他们的名人校友录时,发现他们的主要知名校友都是作家。此外,冰岛也有医院、法院和政府,因此大家不必担心。冰岛甚至还有电视选秀节目,"但是在第三季以后,就没有新的选手了"。

不过,由于冰岛和丹麦千丝万缕的关系,冰岛的精英阶层主要会选择去哥本哈根接受高等教育。丹麦在文化意义上对冰岛影响巨大。虽然英语是更为广泛的第二语言,但丹麦语也是冰岛教育体系中重要的一部分。冰岛人的英语普及率要远高于北欧其他国家，这祛除了一丝由胜利玫瑰这种坚持使用冰岛语唱歌的乐队所营造出的有关冰岛的神秘感。

6月是冰岛的夏季，气温却依然在零度以上不远处徘徊，靠近海边或冰湖时，就更加寒冷。由于此趟行程准备仓促，要去的几个地方处在不同纬度，气候差别很大，我要准备夏、秋、冬三季的衣服，还有参加马拉松的跑步装备，因此一切从简。在冰岛的时候，我几乎把旅行箱里所有的衣服都穿上了。即便如此，当我们在黑沙滩停车，靠近海浪时，依然能感到刺骨的寒冷。狂风呼啸而来，海浪声势浩大。黑沙滩的特点在于它的沙石皆呈黑色，岸边还有自然形成的奇特岩石，远看像一片岩石丛林。更远处则是狭长的伸出至海中央的山岸，缥缈而不能尽得其形。这场景极为冷酷。当我向着人越来越稀少的海岸远处走时，不忘导游在我们下车时对我们的严肃告诫：

"我只有一点要提醒你们，千万不要背对着大海。这里的海浪很大，你不知道什么时候会卷上来，如果你要转身拍照，记住，先回退十步。"我们一一下车，他又说道，"每回我带团来这，总有人是湿着回到车上的。"

夏季是冰岛的旅游旺季，温度不算太低，大地回春，你可以看见更多的颜色。只有一点不好，没法看到极光。只有在11月到次年1月的冬季，才能看到极光。这片海岸的尽头被几处突兀而起的石块和伸展而下的山头挡住。海浪受到石块的阻隔，显得更加凶猛。时间所限，我没再继续深入探索下去，快步走回停车处，那里有一家小小的餐厅兼休憩处，导游隆重推荐了那里的鱼汤。我饥肠辘辘，大脑空空。

后来有朋友证实了导游的说法，朋友的姐夫就死于这片黑沙滩尽头的那一小片荆棘石岩，当时他姐夫正站在岩石上头，一个浪头打来，人就被卷走，没了。

继续往前，大巴经过了一片平原，导游告诉我们不远处是1783年喷发过的拉基火山（Laki）："火山喷发没有造成任何伤亡，但是，喷发后的五年里，因为烧毁了一切植被，大饥荒导致冰岛死了5万人。"这是当时冰岛四分之一的人口。"你们中有历史好的吗？"他接着问。

没有人回答他。于是他自顾自地继续说："你们大概注意到了，1783年是什么时候，对，正是法国大革命爆发前几年。火山爆发后，漫天飘散的火山灰笼罩着整个冰岛，一直飘到了法国……"他绘声绘色地描述了这一自然灾害事件是如何不仅在地理时空上，并且在政治上影响了国际时局的变化。

游客们置若罔闻。

如今已经看不出这片极其深厚的绿色有一丁点儿火山爆发后的遗迹。和世界另一端、同样也是岛国、备受自然灾害困扰的日本比起来，冰岛人的乐观和自嘲精神要多得多，相比居安思危、小心谨慎的日本人，冰岛人不仅没把这些地质活动当回事，反而竭尽可能开采其中的资源，将其直接或间接变为自己的财富，仿佛他们对生命没那么在意。

我们的车最终到达了冰岛的南部，冰河湖附近，这也是冰岛最大的一片冰川——瓦特纳冰原（Vatnajokull）的一部分。冰河湖是大片的蓝色浮冰融化后形成的湖，湖水继续流淌直到汇入大海。在前往住宿地时，我们在浮冰湖停了一小会儿，这时已经是晚上，天色明亮，站在湖边异常寒冷。很快大家都受不了寒冷，躲回车上。漂浮在湖面上尚未融化的蓝色冰块看上去非常神秘，异常幽远。尽管它们就在眼前很近的地方。

晚上我们住在冰川附近，零点时分，你依然可以看得清远方的冰山和近处的青色袅袅，这地方非常安静，远离城市之后，路上的住宿处和餐厅都是冰岛人自己经营的家庭旅馆，因此并不会很大，且分布稀疏。通常更多人会选择住在离黑沙滩不远的维克镇，我们住下的地方则更加荒僻。在这里，你体会到另一种孤独：你感到离自己很远，离别的生命很近。

第二天一早，我们重新来到前一晚停驻的蓝色浮冰湖，坐小船看冰。此情此景让我想起了高中时第一次读到《百年孤独》的那个下午，那时候我非常讨厌语文、学校和读书，直到我在语文课本上看到《百年孤独》的第一章，我迅速地坠入这本小说中。我清楚地记得是"看冰"这个动宾短语神秘地吸引住了我。现在，我在大陆另一端实践这个短语，依然感到神秘。导游在计算人数的时候把我忘了，最后我不得不独自和其他陌生人一起坐另一艘小船。排队的时候我认识了同一团队的另外三个人：一个在法国南部教书的中年男性，说话嗫嚅，两位从瑞典来的女孩，她们是同一家牙科诊所的同事。他们撺掇我和他们一起蒙骗查票的小哥，以提前混到同一艘小船上，然而失败了，但收获了小哥的微笑。这是我在北欧时常感到的不适应：他们长得这么美，却做着一份如此不值一提的工作，这简直是在犯罪。

如若是在冬季，这些浮冰应当更加壮观，现在它们瘦小、孤独，像幽灵一样漂浮在实际并不太大的湖泊中，鸟群落在平缓的背脊上休憩。海豹有时会找到一块适合它体型的小冰块，挪到上面晒太阳和扭动。我们的船缓缓靠过去，直到离海豹很近很近，开船的人骄傲地朝着另一个独自驾驶小汽艇的人大声炫耀："看，我今天离它这么近。"水手——虽然用任何一个职业名称称呼一位冰岛人都是不准确的，但容许我此时这么叫他吧——从湖水中捞起一小块冰，向每一批船上的游客介绍冰块的来历，还邀请他们舔一舔。

真正的探险接下来才算开始，这也是这个南部之旅的重点：冰川徒步。离开冰湖后，我们开到了瓦特纳冰原脚下——一座仅次于南极冰川和格陵兰冰川的世界排名第三的冰川，先在营地吃午饭，然后换上全套的冰川徒步装备：冰爪、安全带、头盔和手杖。我们的导游只穿了一条短裤和一件薄外套，这导致在我的照片里，那座冰川看上去一点儿也不冷。

"首先，我想说的是，这里是《星际穿越》的取景地。"导游说。

不必奇怪，不论到冰岛的哪里，都会有人告诉你，这里曾拍过什么电影。

我紧紧跟在导游后头，按捺住刚刚冒出苗头的兴奋。但很快就被证明这是多余的——我们未能深入冰川多远，我原本以为我们会翻越整座冰川，原来只是我自己的想象。我们不过是在冰川上浅尝辄止地行进一小段，到达某个较为平缓的点——在那里大家得以有比较好的视野拍照，然后就会原路返回。

之后我才发现要进行更为深入的冰川徒步，必须选择那种专门运营冰川探险的公司，有多种难度和组合可供挑选，对装备和报名者的要求也更高。冰川徒步远比一般登山要危险，一是冰川情况非常复杂，时时在变化，川体表面布满了隐藏的深达几百上千米的缝隙和洞穴，相较山体更加不可控；二是冰川的特殊表面导致人更容易溜滑，因此导游在出发前特意为我们做了简单的徒步姿势培训：你必须非常用力地踩向地面，行进过程中确保你的每一步都让脚下的冰爪牢牢抓住冰面。当我开始行进后，才发现这确实比想象的要困难一些，尤其对轻量级选手来说。

前一天我们曾短暂地在冰川起始点停驻，冰川最下面有黄褐色的湖水，混合着泥土和冰块，冰川并非洁白晶莹，而是黑灰色，因为掺杂着火山灰，远远看上去更像某种特殊的岩石表面，而非臆想中的蓝白色冰山。

等到我们走过一段碎石泥土路，穿好装备，拿上手杖，踩上冰面，才算真正看清了冰川的样子：表面是白色和黑色火山灰的混合物，当你像我们的导游一样扫走火山灰，并用手杖的尖头狠命砸开坚硬的冰川表面，会看到那下面是成片成片的蓝，一种非常奇异而纯净的蓝色。

"哇哦。"

我们集体把嘴巴张成了一个圈。

"注意这里。"导游两腿叉在一道非常窄的细缝两边。

往那道缝隙里看，能看到白色表面下的蓝色绵延千里。

"如果你们谁把 iPhone 掉进去，就别再想看见它了。"他说。

这些隙壑极深，我看了一眼便一阵眩晕，它们会随着海拔增高而更加深邃和复杂，如果不慎掉进去，你没法知道最终会掉到哪里，只有死路一条——冰川下面的缝隙沟壑如何相连，即便连经验最丰富的当地人也不知道，所以没人找得到你。

它们的表面看起来又是如此狭长细微，就像你的指尖被书页划开的口子，伤口几难分辨，如果没人告诉你缝隙下面的情况，你不会把它们当一回事。这让我想起小时候看过的一篇伊藤润二的漫画《阿弥壳断层之怪》。当你看向深渊，你会被深渊吸进去。

"它们一直在移动，"导游说，"实际上，整个冰岛都在移动。"

"也许有一天你们会变成加拿大的一部分。"有人说。

导游大笑起来："你说得对。"

除了我们的导游之外，还有一个从营地来的协助我们的专业向导，他走在最前面，像个飞人一般在冰川上上蹿下跳，忽远忽近。他的职能是走在我们前头勘察地势，找出一条安全的线路，供我们追随。实际上，根本就没有线路可言。当我走上冰川表面，才发现它的地势极端不平整，导致每一步都必须先找一个可以下脚的地方再从脑海里调用刚刚学到的那一整套行路规则。

"踩这里。"这是导游说得最多的一句话。

与此同时，他开始告诉我们有关这个冰川的历任探险者的故事。最近的一次事故是一个来此探险的美国人，不慎滑落冰川，他们花了两天两夜才把他救出来。"两天两夜。"他感叹道。因此我能看出冰岛人实际并不欢迎这些来此冒险的世界各地的探险家。

他们对冰岛人来说完全就是麻烦。

三、出海

当导游指着远处缥缈的冰山告诉我们,只要爬上那里,你就能到达云彩之上,我简直快高潮了。飞机降临时我已经感受到了冰岛上空的云是一种怎样的存在:在飞机落地的那一刻之前,你的视野始终被成片的密不透风的云遮住,我一度有些担心飞行员将如何找到正确的降落航线。然而我们的冒险几乎是刚刚开始就结束了。在冰川上象征性地走了一小时后,我们掉头返回。往那座山看,我们几乎一步也没有移动。我们回到坚实的陆地,脱掉冰爪、各种装备,然后重新学习用脚走路。

我们坐车返回雷克雅未克,再一次路过黑沙滩、维克镇、塞里亚兰瀑布、斯科加瀑布。这时,我终于和冰岛人有了同样的体会,第二次看见它们时,我也不再感到壮观。这是一个危险的讯号,它表示:第一,人对世界的要求真的太高了,或者说,人对新鲜感的需要超过了对美学的需要;第二,我在情感上有了被冰岛人同化的倾向。这很不妙!

此时我已经完全忘了脚上还负着伤,它还没好,我勉强依靠创可贴和心理暗示自愈。也许是归途太无聊,导游在接近雷克雅未克的地方突然停车,我们正在疑惑这里看起来并不像一个景点,他却像回到家一般放松,熟稔地钻进路边的农场。"这是我朋友的农场!"他大声招呼我们。那里有冰岛另一著名物种,冰岛马。

冰岛马体型袖珍,头大而身体短小,发型潇洒乖张,之前我在漫山遍野看见它们时,还不觉得有什么,此时走近,只见远远走来数位真朋克,不禁放声大笑。

没想到这差不多是我最后的笑声了。

大巴把我放在我在雷克雅未克的新落脚点,另一间青旅。这家青旅位处海边,透过窗户能看见太阳航海者的雕塑就在门前,虽然临街却只有一个小小的门,没有招牌,十分隐秘。我既困又累,还因为没吃晚饭而头晕眼花,一走进去就被满屋子乌泱乌泱欢声笑语的背包客惊得目瞪口呆,好像第一天来到霍格沃茨报到。我怀疑眼下这片空间是整个冰岛人口密度最高的地方。

我像一只几个星期没吸足血的蚊子,被满屋子的肉香瞬间感动了。

于是匆匆登记,找到房间和床,放下行李洗漱。同屋住了另外三个人,两个来自加拿大的女孩,和一个据她们说几乎没打过照面的男生。等我做完这一切,发现之前的感受并不确切,我应该是第一天来美国高中报到,这间青旅的设计实在太《回到未来》了。

等我拿着牙刷毛巾回到"宿舍",就发现一件惊天大事:我的相机不见了。

这件事之所以成了惊天大事,一是,这相机不是我的,是好朋友Y借给我的,因此,在来之前我一直强烈暗示自己千万别丢了,虽然我是个几乎不丢东西的人;二是,我不知道怎么形容这种心情起伏了数次,再次遭受意外的感受,如果我知道,那就是:那些杀不死你的,只会让你想自杀。

在确定它不见了之后,我紧急调用逻辑:有两种可能,我丢了,或是谁拿走了。我的记忆力是很糟糕,可通常不会糟糕到现在这种地步,当我回忆我是否把它落在大巴车上时,大脑一片空白。我的伦理学判断告诉我,我应该不会丢在大巴上,因为直到我旁边的同行者下车之前,我都把它连同装它的包牢牢抓在手里。

那么,会是有人拿走它了吗?

从我进门到我第二次进门,只有短短两三分钟,房间有门卡,如果有,就只可能是在屋里的两个女孩。但我又从我的国际伦理学判断出发——

同是天涯沦落人,国际背包客不会做这种事吧?

"我的相机不见了。"我和房间内那唯一的女孩说。

"真的?"

"真的。"

"你是不是把它放错地方了?再找找。"

"我找过了,哪儿都没有。"

她沉默了。我也觉得她仁至义尽了。

另一个女孩洗漱归来。

"我的相机不见了。"于是我又说了一遍。

"不会吧?"

"真的……刚刚有人进来过吗?"

"我不知道,我刚出去了。"

"我也不确定。"先前的女孩补充道。

"那好吧,我再找找。"我说。

我尽量让自己看起来没有那么绝望,然后下楼去找前台。那是一个很漂亮的金发姑娘,像天使。

"我的相机丢了,我不知道怎么办。"我没有说这件事的来龙去脉,而是明确表达了我的心理诉求。不是为了获取她的同情,而是我真的紧张到语音颤抖。

"丢了?"姑娘说。

"也许是有人偷走了它。"我说。

"不会是你落在什么地方了?"姑娘问。

"不,我记得很清楚。也许是有人偷走了它。"我说。

"你四处都找过了?"

"找过了。对不起,这个相机对我来说很重要,我一定不能丢了它。"

"嘿,嘿,听着,"她睁大眼睛看着我,"先别着急。我跟你说,我们这里从来没有发生过有人偷东西的事情。"

你当然这么说啦,先把青旅的责任撇干净!

"我是说,至少我在这里从没听过。实际上,我从小到大从没听过谁会偷东西。我们不偷东西。"她非常笃定地告诉我。

本来我还有点儿相信她,她这么说我就——你指望让一个中国人相信另一个国家的人说,他们那儿没人偷东西?如果是在法国我还相信,那里的坏人一般只抢不偷。对整个西方国家的罪犯来说,偷这门活计都过于精细了。

"好吧。"既然她已经说到了这个地步,我不得不也让了一步,"那我也可能是落在旅游公司的大巴上了。"

"哪个旅游公司?我帮你打电话问问。"接着她帮我打了电话,然后告诉我,旅游公司的人已经下班了。"他们明早八点上班,那时你可以来这儿,我们再给他们打电话问问。"她说。

我惊恐的脸庞到底是打动了她。"别着急,你会找到相机的。"她柔声安慰我。

于是我带着如坠冰窟的心情回到房间,躺到床上。我先是给旅游公司发了封邮件,告诉他们我非常崩溃。然后,我就真的崩溃了。我无法控制地哭了一会儿,然后睡着了。

不知睡了多久,我醒来,发现收到了一封新邮件:

Yixin 你好,我们找到了你的相机,明早九点前我们会送到你的旅馆。别担心,你会在离开冰岛前拿到你的相机。

我迷糊而短促的念头是,白流一场眼泪,冰岛人效率真高,前台姑娘真可爱,我爱冰岛,然后又昏睡了过去。

次日早晨，我一睁眼就爬起来。这一天我要出海看鲸鱼和去黄金圈——冰岛东北部一条著名旅游线路。另一家旅游公司的车会在九点来接我。

由于前晚的邮件，我的灰心丧气再次一扫而空。我为自己怀疑了室友和冰岛人感到惭愧，自我反省了好一会儿。我毫不怀疑一会儿就会见到相机，不急不忙地买了青旅的早餐，为自己做了个冰岛特色的三明治：两片黑麦面包，中间夹奶酪、鲱鱼、黄瓜、火腿，刷三文鱼肉酱。

九点到了，没有人送来相机。我想，他们的人准是工作忙迟到了。于是我交代好前台，然后乘上来接我的大巴，志得意满地出发去看鲸。

大巴把我放在码头附近。我兑换了船票，然后上了一艘大船，按照船员的指示，换上了厚厚的连体救生服，连蹦带跳上了甲板。甲板上已经有不少人，大家都穿着一样的救生服，这场面不像是游玩，倒像是一群科学家出海搞科研。船很快开起来，我下到下层甲板，站在了露西和杰克谈恋爱的位置。

真冷。

我记不清上一次在这么冷的时候出海是什么时候了。过去的一年我在许多个不同的地方目睹大海，不同的海洋、海湾和滩头。它们有着相似的景象，但排布到每一天的不同时刻，就展现出不同的样貌，并带着不同的人的记忆。但我几乎想不起来它们哪一次同寒冷有关。所有有关大海的记忆温度都是炎热。最冷的也就是三月的日本镰仓海岸了。尽管是在那时，也有冲浪者迎风破浪。

那些海总让你感到神秘，仿佛在向你发出邀请。冰岛让我见识到海的另一面：凶残，寒冷，不近人情，无法靠近。

前一天的回程，我们曾在一处海岸边停下，我无法确认这是否又是导游的兴之所至，那里的海比黑沙滩更加凶狠，我们只能站在高高的山崖上旁观，饶是如此，海浪竟能扑打上来，风极大，我险些被吹走。这让人意识到《百年孤独》里蕾梅黛丝被吹走毫不魔幻。

但风景实在让人心痒难耐，我小心翼翼找到一个高处，试图拍下眼前所见，此时风浪、迷雾、蓝黑色海洋与远处青色山岸，在我脑海里上演着《指环王》或《冰与火之歌》般宏大的交响，我知道我不可能用相机拍出这交响的灵魂，仍徒劳站稳，一个海浪从意想不到的地方扑上来，我匆忙转身已然无用，被淋得满头满身。

旁边两个人笑了。我知道他们在笑什么，我果然践行了导游的预言：

"每回我带团来这，总有人是湿着回到车上的。"

我躲过了初一的海，没有躲过十五的海。

眼下要对付的是鲸鱼。

海平面非常平静。这是雷克雅未克的海，它看起来一点儿也不乖张了。通常，会有几艘捕鲸船同时出征，相互传递讯号，以提高发现鲸鱼的概率。船向着大海深处全力挺进，然而一点儿鲸鱼的影子也没有。最上层的甲板上，来自西班牙的水手兼导游站在瞭望台上举着喇叭跟我们科普鲸鱼活动，他的声音消散在风中，没人真的在听。每个人都在想自己的心事。冰岛人捕杀鲸鱼，这是全世界都知道然而无可奈何的事。当我站在船头，慢慢开始习惯拍打脸颊的冷风，水滴石穿般积攒起对整片大海的耐心时，我也开始感到这是一件无可厚非的事——

我现在实在太想捉住一条鲸鱼了。

"看那儿！"船上的女向导叫道。

那条鲸鱼惊鸿一瞥，在不远处的海域里拱出一道半圆，很快消失在了海平面以下。

整条船的人都兴奋起来。我们已经来到了鲸鱼的腹地。

雷克雅未克的海域并不是最适合观鲸的地方，往冰岛的东部走，从阿克雷里出发会更加合适，在那里，还能观赏冰岛的国鸟，海鹦，一种长相搞笑的鸟。

第一条鲸鱼出现之后，我们的船开始连续追逐鲸鱼。很快，我们看见了第二条，第三条，第四条。也有可能它们都是同一条。最大胆的鲸鱼在另一艘船的船头前面很近的位置停驻,不停用鱼尾拍打海面。我旁边的女向导扛着长焦镜头疯狂地按下快门,同时大呼:"再来一次宝贝!"我简直要怀疑她是一位美国人,她的举止实在太不像一个维京人了。

或者这是维京人对待食物的态度。

迈克尔·刘易斯(Michael Lewis)认为,冰岛的经济危机和它在20世纪80年代初期实行渔业配额有密切关系。但这个制度的初衷是为了阻止冰岛人在捕鱼时不计代价的冒险行为。"从遗传的角度,冰岛比斯堪的纳维亚人还斯堪的纳维亚。它的人口由逃亡者组成……从挪威西部出逃的亡命徒,以及他们在西进途中收留的苏格兰和爱尔兰性奴。"冰岛人的种族纯洁又混杂,由于人口少,他们甚至有一个App,用于男女在约会前确认对方和自己没有血缘关系。他们信仰淡薄,对于一切庞然巨物不抱崇拜。

现在让我们回到这条似乎是有意在我们面前进行挑衅式表演的鲸鱼身上。

它究竟在干吗呢?

我想起曾经在一个朋友家里看海洋纪录片。我觉得难以忍受,要求改看梵高的画。"大自然太丑陋了,人造美学才是真正的美。"我说。他同意我看了几小时梵高的画之后说:"现在我们再看一下海洋纪录片好吗?"

我还能怎么说呢。

于是,在忍受大概半小时真实粗粝、不够完美、并非像梵高画作那般控制精细的海底世界之后，朋友说："注意，你将听到世界上最美的声音。"我静静地等待，先是听见了一种尖锐但不刺耳的啸声，然后它变作难以分辨是歌声还是人声的辽远的呼唤，最后我通过画面上出现的庞然大物才明白过来——

这是鲸鱼的声音。

"原来它们会说话啊！"

"它们会啊。"

现在，忍受着刺骨的寒冷，我脱掉手套掏出手机，把这只不会说话的鲸鱼录下来，发给那位朋友。手机显示，因为网络不好，发送失败。

重新回到岸上后，我站在路边等待下一辆接我的小巴。这时，手机提示我又收到一封新邮件，我上了中转小巴，坐稳后漫不经心打开邮件，我心想，准是旅游公司的人告诉我他们已经把相机放在了旅馆：

你好。

很抱歉地告诉你，我们没能找到你的相机。我们找到的那个相机是别的人落下的，我把它的照片附在下面，我真的搞错了。对不起。

我们没能在车上找到你的相机。你确定真的落在那儿了？有没有可能你是放在了别的地方？

很抱歉唤起了你的希望……

我又看了一遍。

然后打开附件的照片,那是一个旧兮兮的相机,的确不是我的。

我关上手机,望着窗外。

到了中转站,我从小巴上下来,换乘另一辆大巴,上车前,我被车门口的女司机兼向导拦住了。

"出示下你的票。"她说。

我知道她为什么要我这么做,因为这位哭得稀里哗啦的中国女孩看上去实在值得被拦一下。不过她总不会认为我这样是为了蒙混上车吧?我不禁轻蔑地在内心哼了一声,同时继续流着眼泪。然后出示了票据。

"嘿,你没事吧?"她接着问。

"没事。"可这太假了,于是我补充道,"我的相机丢了。"

"什么?"她没听懂。

"相机。相机。"后面排队的人说。

"哦。相机。"她不知道如何安慰我。

我坐上车。

这可能是我这辈子头一次如此丢人:整个大巴的人听我号啕大哭。没有号啕这么夸张,但我上车前那短暂的对话成功地引起了所有人的注意,大家都知道这儿有个女孩非常伤心。还不是因为失恋。

即便真的丢了一个相机也不是什么大事，我也从没为了这类的事哭过——我已经十几年没有哭过了。然而此刻我的处境怎么说呢，屋漏偏逢连夜雨。更重要的是我从来不会犯这种错误，奖惩系统用力鞭笞我：你的脑子呢？

我的理智依然自行其是，继续按照逻辑执行应该做的事：给旅游公司的人回邮件，请求他们联络那名导游："我是那个旅游团唯一的亚洲人，他一定记得我和我的相机，我记得他的名字是T开头。"——开车时他曾经指着对面来的车大喊："看，那是我的名字！"我记得那辆车的车身上是一个T开头的单词；给Y发微信，告诉她目前这件事的情况，让她做好一定的心理准备相机可能会找不回来，但我会买一个新的给她；继续哭。

车上的气氛成功地被我压制在一个非常微妙的状态：没有人敢高兴。

大巴向着黄金圈的第一个景点开去，而我压根儿就没听进去导游的介绍。我觉得冰岛人简直十恶不赦。我不可抑制地开始给每个卷入此事中的冰岛人打差评：

我们的司机，T开头那家伙，坏人，说不定他看见了相机，自个儿独吞了；

旅游公司跟我发邮件这家伙，看名字是个女人，坏人，先告诉我找到了相机,再告诉我没找到,演得那叫一逼真!都是掩护,好让我相信他们真的想帮我找回相机,没准儿她和司机就是一伙儿的;

前台的姑娘,虽然长得漂亮,说话温柔……坏人,冰岛人从没偷过东西?指望用这种弥天大谎织就的糖衣炮弹攻陷我,一个看时事新闻长大的中国人?嘤;

同屋的姑娘和小伙,绝对的坏人啊,现在也还没洗脱嫌疑呢,谁知道他们仨是不是一个作案团伙?

言而总之,冰岛虽好,冰岛人就没一个好人。由此看来我也不必做一个好人。想到这点之后我突然感到一阵轻松,我终于可以从虚伪的政治正确的枷锁里逃脱出来干点儿什么坏事了。

我哭得有点无聊,于是先打住了,麻木地下车随着人流进行着行尸走肉般的游览。我身上没有现金——北欧五国骄傲地使用着彼此独立的货币系统,而且它们普遍不支持银联,我在丹麦时就放弃了兑换当地货币的努力,而没有现金看起来也没遇到什么问题。

我是说,直到刚才。

我们在一个收费公厕停下,司机告诉我们下一个厕所大概要一小时之后。厕所可以刷卡,但我的信用卡不是芯片型,它不接收。我站在刷卡机旁边干瞪眼,这时,旁边出现了一位同胞,女同胞。而且她不会使用刷卡机!

我的机会来了。我帮她完成了支付,她大方地请我上了厕所。折合要十块人民币,很贵的。

由于这件小事,我慢慢平和下来。我感到世界上还是有好人的。比如,中国人。

回到车上后,我发现我又收到了一封邮件。

看看我们的冰岛人还能怎么折磨我吧:

你好,Yixin。

我们重新搜索了大巴,上上下下,仍然没找到你的相机。

于是我决定给你的向导打个电话,他叫Teitur。相机在他手上,他会在下午放到你的旅馆,他就住在附近。

我希望今天你可以尽情玩耍,不再有任何担心,当你回到旅馆时,你的相机正静静地等着你。

我们希望下次还能在冰岛见到你,你有考虑冬天的时候重返冰岛看极光吗?

我该说什么呢。

狂喜?感动?哭笑不得?百感交集?塞翁失马焉知马不会自己回来?当你在穿山越岭的另一边,我在孤独的路上没有尽头?

此刻我的第一反应却是想为这封邮件(以及她之前发的

每封邮件）做上批注，然后发回给这位名叫 Kristján Karl 的姑娘，告诉她正确的邮件应该怎么写：尽量减少戏剧化的叙事结构和措辞风格，简明扼要地写明你的主旨，使用中性词，以及把最终结果放在第一行。脆弱得一败涂地的、来此获得宗教体验脑门徒然博大的、刚刚交了一位河南女大款朋友的这位女士，经不起这种感性的维京人的邮件行文摧残。虽然这可能是她今年收到的最开心的一个礼物。

我克制着七情六欲，回了一封略带情感但绝不出格的邮件：

我简直不知道该说什么，但是我爱死你了！

很难想象从我刚落地到现在的几十个小时里，我对冰岛、冰岛人以及整个世界的看法发生了如此多次跌宕起伏的转变。它们有些甚至是截然相反的。

现在我要再次扭转一下我的看法——如果还有人信任我的话，倘若有人来问我关于冰岛犯罪率的问题，我会非常笃定地告诉他：

"冰岛人从不偷东西。这是真的。"

四、火山

车继续往前，我们在盖歇尔间歇泉（Geysir）处停下，这是一种依靠火山活动而形成的特殊地表活动：

在火山活动地区，炽热的熔岩会使周围地层的水温升高，甚至化为水汽。这些水汽遇到岩石层中的裂隙就沿裂缝上升，当温度下降到汽化点以下时就凝结成为温度很高的水。这些积聚起来的水，还有地层上部的地下水沿地层裂隙上升到地面，每间隔一段时间喷发一次，形成间歇泉。

也许你应该忘记这些复杂的成因解释。我眼前是一群围着一小摊静止不动的泉眼、举着相机严阵以待的人，他们形成的包围圈相当大，所有人都屏息以待。我找了个间隙加入他们。

就这样静静地等了大约十分钟。

突然，一道水柱从地表喷发出来，带着大量的白雾。所有人都狂按快门。但那个瞬间令人猝不及防，人们只能凭借反应速度和运气。这么喷发一下只会持续一两秒。于是人群立刻散去，新的人又前仆后继地围上来，填补这个人形巨圈，等待十几分钟之后的下一次喷射。

下车前有人问导游："为什么你要用'他'？"

"因为……他会喷射。你懂的。"

"女人也会。"

我后排的美国老太发出抗议。

之所以知道她来自美国,是我在成功地拍下了间歇泉喷射的瞬间回到车上后,觉得应该对此前的事情做些补偿,至少让他们知道我不是脆弱得一败涂地的中国游客。不一直是。

"嘿,我想说个事。"我跟导游说,"他们找到它了。"

"什么?"她有点害怕地看着我。

"他们找到我的相机了。"我说。

"哇,真的?"她惊喜道。

我注意到整车的人都竖起了耳朵。

"他们先告诉我找到了,又告诉我搞错了,然后又告诉我找到了。"我挤出一个哭笑不得的表情。

我似乎听见整车的人都配合我发出了一声:"嗨——"

标准北京南城口音。前短后长,尾音不带转儿。

导游举起手掌,我愣了一下,然后也只得举起右手和她击掌。接着车上左右两边的人都站起来,在我走过他们的时候和我击掌、握手、拍肩、拥抱,发出热烈的欢呼声。

"谢谢,谢谢,我今天拿这个奖,首先要感谢我的家人。"我就差这么说了。

"丢相机没什么,但那是我好朋友的。"我说。

"可不。"大家纷纷点头。

"而且那里头有很多照片,这是没法找回来的。"我继续说。

"可不。"

"很抱歉影响到了大家。"我说。

"没有没有。""哪里哪里。""客气客气。""我们为你感到骄傲。"大家纷纷说道。

"我得跟你说,我女儿之前也发生了这样的事。"我坐下后,后排的老太太试图将脑袋从两个座位之间的缝隙处钻过来。

但这显然是没法办到的,于是,她只是把整张脸凑在了两个座位之间。我得以看见她的鼻子和左右两只眼睛各一半。

"噢?"我说。

"她之前把她的 iPhone 丢了。"她说。

"我的天!"我说。

"那叫一伤心。"她说。

"谁说不是呢。"我说。

这段捧逗持续了足足十分钟,让我对自己的善心大发追悔莫及。

这之后,导游终于敢把她原本的定场诗说出来了:

"今天是个非常好的日子,我特别高兴,因为我发现每个人都很开心。接下来我们将游览的是黄金瀑布(Gullfoss)……"

黄金瀑布的神奇之处在于无论你在哪个位置看它,都有一道夺目的彩虹横跨在整个瀑布之上。在之前冰岛南部的斯科加瀑布，你必须要爬到整个瀑布的上面，才能看见两道彩虹。在黄金瀑布，你可以直接穿越彩虹，但当你走入彩虹之中，就会发现它消失了。因此许多游人在彩虹前后不亦乐乎地玩这个光学游戏，进进出出。冰岛人则在一旁，用一种看三岁小孩的眼神看着他们。

我对冰岛这样的自然风光已经开始麻木，我意识到，导游这种职业乃是一种巨大的自我损耗。不过，等到后来去火山探秘，我才体会到也许做这种需要开车跑小半个冰岛的导游并不算太过无聊。至少，他们还可以变速。

我住的这家青旅每晚都热闹非凡，适逢欧洲杯，就更加肆无忌惮。回到青旅后，我抱着失而复得的相机，再次给旅游公司发了一封感谢信，然后就抱着电脑窝在一个角落，有人在飞叶子，有人坐在吧台上唱歌，猜猜我在干吗？写三个月前的日本游记。不过放心，现在我并没有窝在巴西或是肯尼亚的某家青旅，抱着另一个失而复得的相机，写这篇游记。因为我再也不会弄丢相机了。

火山探秘是冰岛所有探险项目中最昂贵的一种。它几乎是被一家公司垄断的。冰岛的旅游产业大致分两类，一类是专业做某一种特定项目的旅游公司，另一类更合适的说法应该算是旅游中介公司。中介公司会将所有的旅游项目进行不同组合的打包和分类，供游客选择。他们首先会做力所能及的项目，比如游览那些不需要专业设备只用下车观看的景点。当进行特殊项目时，再和当地的专业旅游公司进行交接。冰川徒步、观鲸和火山探秘都是这类特殊项目。观鲸是被各个船只承包的，火山探秘则只有一家公司经营。

于是，第二天，当我们介由各个小巴大巴交接，最终来到了我们要深入的火山口附近时，我先是对我们竟然还要在火山上走四十分钟感到疲倦，继而就明白了为什么它只能被垄断。

紧紧追随着向导的步伐终于来到火山口时，我发现那里原来还有一个小小的营地，而背后就是需要登梯而上的火山口。那句话怎么说来着？此山是我开，此树是我栽。想要跳进火山里头，哪能不从火山口过？既然只有一个火山口，也就只能有一家公司。

斯端努卡基古火山（Þríhnúkagígur）是全球最大的岩浆库，也是世界上唯一一座可以进入其内部的火山。它已经休眠 4000 多年，但深入其中依然是在冒险。每天都有源源不断的人花 300 欧购买这枚冒险勋章。总的来说，游客算是不多。一是火山每天容纳参观的人数受限，它只能容许几个人同时进入，每次约 45 分钟；二是这不算便宜，火山内部的活动和观赏区域其实很有限，除了拍几张照片证明自己来过，没有多少别的意义。

Þríhnúkagígur 是冰岛语，我们在营地休憩、等待上一拨参观者返回轮替时,营地的教练教我们如何念出这个词,"你们只有念对了它,我才会放你们下去。"

如今我只记得这个词念起来像一句咒语。

由于冰岛以外的人不会念这个名字,于是它又有了一个简单通俗的名字,三峰火山口(Three Peaks Crater),山如其名。

作为世界上火山活动最频繁的地区之一,冰岛平均每三四年就会有一次火山喷发。这主要是由于它地处大西洋中脊,欧洲和北美板块在这里发生位移。从斯端努卡基古火山的火山口下到约 35 米的地方,恰好有一块圆锥柱形凸起的煤面,人得以在此下脚,探究火山内部。

年轻、削长、带着典型斯堪的纳维亚血统的教练,跟我们普及了一下这里的基本情况,我听到了熟悉的台词:

"这里是你们会到达的地方……这里,是更深入的地方,我们把它封住了,防止你们出意外……这里,是'iPhone 死亡谷',因为有太多人在坐升降梯的时候掏出 iPhone 拍照。然后,你懂的。"

斯端努卡基古火山可以进入最早是一个冰岛探险家奥德尼·斯特凡松(Þrni B. Stefánsson)发现的,他的本职工作是医生,也是一个洞穴探险家,以及——我猜——音乐人。上世纪 70 年代,他头一次进入斯端努卡基古火山,立刻被它内部的瑰丽和迷诡吸引住了,他主张人们保护它,而非扔在一旁不管。2005 年之后,这位探险家奔走疾呼,找到了各方投资，建立起了一个公司，专门负责斯端努卡基古火山的保护和开发工作，令普通大众得以进入。他也因此又多了一个职业，企业家。

我在跟着向导步行时就感到惊奇，这样一片寸草不生的地方竟然铺着一条简易的人行小道，向导不时停下讲述有关火山的精灵传说、地质科普和植被知识。等到营地时就更加吃了一惊，原来火山已经建立了如此专业的小规模勘探工程，像是一个火星上的设备精密的空间站。营地提供咖啡、茶和冰岛特色的羊肉汤，是营地人员自己做的，他们轮流负责这些事，带路、炊事和清洁。

等到进入火山内部，我才又一次意识到，这种傍山依存的人生是多么寂寞。火山内部固然美轮美奂，令人大开眼界，但日日往返于火山内外，何尝不是一种牢狱之灾。这让我想起土耳其的卡帕多西亚，在参观那些分布在奇特山体上上百个依着天然洞穴建立的袖珍修道院时，为了防止游客破坏洞内的壁画和类似"抹大拉的脚印"之类的神迹，每个小小的洞穴里都有人坐在那里看守。当时我想，这些看守者和几百年前的那些苦修士又有什么区别呢。

我已经开始怀疑自己是否真的能在此定居下去。虽说冰岛已经吸引了谷歌这类科技巨头在此建立基地，并有望把冰岛建设成全世界数字化信息服务器的大本营——这让冰岛和世界的距离听上去近了许多，住在冰岛并非与世隔绝，亦非听从内心的呼唤、洗涤灵魂的归宿之选,但我真的可以天天纵情美景?我是说,雷克雅未克连家7-11都没有。

结束火山之行后我又回到了一开始住的那家青旅。他们果然没有修门。前台的人已焕然一新,一位青涩的小伙子坐在那里。此时我再无任何讨回公道的念头,我将在这里度过冰岛的最后一晚,第二天,我将乘飞机当日往返阿克雷里,然后坐上凌晨飞往罗马的航班,离开冰岛。

我并未产生任何依恋之情,反倒百无聊赖,找了一张公共沙发,躺着继续写日本游记。在经历了这么多的波折之后,我现在完全可以像大厅里的其他衣冠不整、面色憔悴的流浪汉一样,成为一个刀枪不入、不在乎大部分事情的浪游者。亚洲人的拘谨已经荡然无存。我的衣服肮脏,裤腿带着冰岛各处积攒下来的泥土、细岩石和火山灰。床铺简陋,床尾整齐摆放着我的洗漱用品,好像我是在兜售它们。无法每顿都去正餐餐厅,大多数时候我靠着简易的三明治果腹。不过,我的大脑里已经装满了冰川、大海、鲸鱼、火山。

大厅里穿笋色灯芯绒衬衣的男人抱着他的老式笔记本坐在另一角,四天前我刚刚到达这里的时候就记得有他。看上去他在这里已经待了很久,不知怎么让人感到安心。

我想起了朋友 L 写过的诗。那是在将近一年之前,我准备动身去热带的时候,他给我看了这首诗:

《远行者》[1]

我认识你去过的世界
它不同于我的人间

那里有冰山，苔原
激动的地平线
苍穹渺茫
阳光广阔
你站在悬崖上
和一匹灰马

这个形象
总在夏日的冬夜浮现
提示勇气和信心
让所有道理变简单

不论飞禽走兽
还是沉船般的大鱼
太多生命与灵魂都活着

---

[1] 《远行者》，作者老王子，写于2015年。

在那些无尽之处

摇晃的大海

低声怒吼永世不息

可仍有人要上路

像不屈的风

吐出骄傲的船

所以爱是不重要的

人的一生该如何度过

爱是最重要的

你曾那么多次在尘世举杯

我想起那个

没有被你拍下的幻景

是几个外乡人

在热闹的市集上喝昏了头

悲伤的呜咽

淹没在香气里

香气里有一切微妙的知识

知识总是复杂而无用

他们一定

是被谁给骗了

你记不记得那些走掉的人

他们都没有回来

可你不用担心
我们在人间预订了你的归程
都说好了
这只是一场游戏

　　看完我说，这首诗给人的感觉真像墓志铭。在结束这次行程回到家中后，我又看到了这首诗，这时，我产生了完全相反的感受。我感觉这首诗充满了无穷无尽的生命力，就像是冰岛。

　　当你放下越多文明世界的束缚，就越会感到自己无所不能。你一无所有，也就没什么可以失去的。我猜这就是为什么旅行者们总是能够义无反顾地离开。我差不多体会到身无分文的美国青年克里斯托弗·麦坎德利斯（Christopher McCandless）跑到阿拉斯加遁入荒野的那种心境了：不仅脸皮厚，而且力大无穷！

　　虽然之后我只不过到了意大利乡下某个小镇，就已经被路边无处不在的蜥蜴吓了个半死。

　　现在冰岛又进了一球。可惜没有掌声雷动，看球的冰岛人都在法国。

之所以会再次回到这个青旅，是因为它是离雷克雅未克机场最近的地方，地图显示我只用步行就可以到达。这是冰岛国内航班的专用机场，就在市区不远的地方。但是等我第二天一早起来，才发现按照地图步行，它要走的路程远远不止我预计的长度：我原本以为是机场的位置，实际是冰岛国内航空公司的大楼。

谁能想到这个机场袖珍到了这个地步，公司大楼和机场建在一块儿？

我闯入旁边的酒店，请他们帮我叫一辆出租车。在冰岛，你只能用这种方法叫到出租车。三分钟后，我到达机场。我身上只有一点前一日买纪念品用欧元兑换剩下不多的现金，而我的信用卡在这时候竟然失灵了。司机收下了我所有的现金，摆摆手让我下去了。

冰岛人真好，但是冰岛破产是有道理的。

四十分钟后，我到达阿克雷里。

这是冰岛第二大城市，但它的大小大概和中国一个乡村，或者北京的三里屯差不多，只有一条主干道，人口1.5万。我们要去的景点在阿克雷里的周边，因此从机场接上我们，大巴就朝着远离市区的地方开去。

此处物价骤降，旅游业比雷克雅未克也要惨淡许多。我报的旅行团除了我之外就只有两个男生。导游兼司机是一个走路颤颤巍巍的老太太，多数时候，是我们等她。她的英语不大灵光，讲解导游词时更像是在背诵残篇断章。

"对不起，这个应该怎么说？"这是她常说的话。

看得出来她刚做这行没多久，英语也刚刚学起。这让我头一次真正感受到冰岛破产带来的影响，同时也让我惊异，这样一个年过半百的人，竟然可以从头开始学习一门语言，进入一个新的工作领域中。这让我再次对冰岛人的多面手技能感到佩服，他们好像从不害怕从零开始做任何事。

比起雷克雅未克，阿克雷里要更拥有一种人与自然相互磨合后的空灵，这里的景色不那么咄咄逼人，更让人感到平静。

到后来，我们都不再怎么答老太太的话，车上陷入了长久的沉默，我们四个人像是一户夏日午后郊游的家庭，各怀心事，景色从两旁划过。

直到她突然兴奋地说：

"看，那就是我家。"

原来我们路过了她的房子。那是一栋可爱的小房子，紧邻着的是她哥哥的房子。她给我们介绍了她养的几匹马。

"其中一匹前不久刚刚分……分……那个词怎么说？"

"分娩。"一个男生答。

这之后我们又路过了一些建在草原上的房子，有些被改造成了简易的咖啡馆。和其他导游一样，老太太对这些人家如数家珍。"他们大多数人为了补贴家用，都开始经营一些生意，比如贩卖咖啡。"她的语调里有一丝惆怅。

阿克雷里最主要的景点之一是一处天然形成的怪异石块地区，因长相颇像精灵而流传了诸多有关精灵的传说。

冰岛人相信精灵的存在。

当冰岛人试图兴建什么建筑或是工厂时，他们会请灵媒与精灵对话，以确保选定的地址没有打扰到精灵。这是直到现在还在发生的事。所以，当你和冰岛人聊天时，最好不要试图拿精灵开玩笑。还有比约克。

因此，我假装抱着极大的兴趣参观这些怪石，在林立的石块间兜兜转转，配合导游有关精灵故事的讲述。

"早上好。"

"早上好。"

她不时和其他带队过来的导游打招呼。

这景象仿佛我是霍比特人邀请来的客人，一位远道而来的东方巫师。我们亲切友好善良大方的霍比特朋友正带着我在晨间散步，并将我介绍给他的邻居，另一位霍比特人。

而位于米湖附近的众神瀑布（Goðafoss）是我在冰岛看过的最为壮观的瀑布。它难以靠近，难以抵达。我费劲地在石块间跳跃，才能稍微找到一个接近它的角度，但这时相机没电了。

就让我把它记在心里吧。

最神奇的是一片火山地形区，地表像是陌生星球的表面，是一整片光秃秃、色带不同的岩石，有着一块一块突突冒泡的滚烫岩浆的洞穴。有些凸起还在冒着热气。

当得知我们一会儿就会在这片火山地区真正天然的温泉泡个温泉浴时,我才意识到我把泳衣忘在寄存在雷克雅未克青旅的行李里了。

"你可以租一件。"导游安慰我。

我们排队进入大厅,租泳衣时,当问及我是否还需要租用毛巾时,那两个结伴同行的男生终于开口了。

"你可以用我们的。"一个说。

"对,我们有两条。"另一个说。

"那太好了!"我说。

其中看起来更加腼腆的那位从包里拿出了毛巾给我。这让我不得不开口问出了那个缭绕于我心中已久的问题。

"请问,你们是一对吗?"

"哦——"他们相互对视一眼,笑了,"不。"

"我们是兄弟。"一个说。

"原来如此。"我说。

"没关系,这不是第一次。"另一个说。

温泉时间结束后,我才和这对兄弟聊起来,也才知道这对来自英国约克的兄弟还在念书,哥哥在大学主修音乐。

"什么?"我说。

"对,音乐。"他轻描淡写。

"不会吧?"我顶着一头湿淋淋的头发,跳了起来,"你知道吗，其实我也——"我想了想应该怎么措辞，"我也搞音乐！"

"真的？"

"我还有一个乐队！"

"真的？"

实际上我们乐队只有两个人，而我是写词且仅写词的那位。我通常都这么介绍："我是乐队的歌词手，负责写歌词，这位是乐队的其他手，负责其他一切事情。"

我非常得意地打开了手机——

"如果你不介意的话，我可以给你听一下我们的歌。"虽然和我关系不大。

"非常乐意。"他说。

于是我在大庭广众之下把手机音量调到最大，开始播放我写（词）的歌。写到这里，我觉得如果你有幸看到这篇文章，不妨去搜索一下我们乐队的歌，那么你很快就会明白，我的这一行为无异于一位英国人在中国给一位法国大厨展示自己的名菜：仰望星空。或者是，一位中国人在巴西街头给一位意大利足球运动员展示自己的球技。

也就是，找死。

我一边观察着对方的神色，一边小心翼翼地补充道：

"你可能觉得音质有些感人，因为我们这其实是……Lo-fi。"

听了半晌。

"炸裂。"对方说。

这一刻我脑中出现四个大字，恒大××。

直到我换了首万能青年旅店的歌："这是中国时下最流行的乐队。"

听了半晌。

"炸裂。"对方说。

我开始怀疑对方不是没有判断力，而是他们只会"炸裂"这一句捧眼。

我们的导游在一旁微笑着看我们进行这一对话。我心中一凛："您该不会下班后也搞乐队吧？"

"我们冰岛人做一切事。"

我顺利地坐上返程航班，回到雷克雅未克，在青旅取了行李，等待大巴接我去凯夫拉维克机场。青旅依然在播放球赛。前台和酒吧的人忙忙碌碌，不用看，我知道他们仍然没有去修那扇门。我已经晓得了，冰岛人有一种天生的盲目自信，这种自信也许也可以被视为乐观，或者浑不懔。他们的心太大了，以至于无法感受到非常小的东西。比如，尴尬。比如，焦虑。比如，中年危机。比如，不合时宜。迈克尔·布斯在书中揶揄："冰岛是个小矮个，但他认为自己有很大的发言权。'不先征求我们的意见，你们不能侵略伊拉克'之类的。"

临别之际，我没有什么可总结或提炼的。一切都在过程中跌宕起伏了，这些吉光片羽般的想法似乎很难达成一个整齐划一的排比句段落，不过是一位失魂落魄的空想冒险家的盲人摸象。从聒噪的国度而来的旅人，自然视一切宁静为奇迹。唯一感到确切的是，经此种种，我也可以像冰岛人一样，"提示勇气和信心，让所有道理变简单"。同时我也怀疑，不经此种种，我曾与小贩、甲方、大款、天气、交通等等所做的搏斗，是否也能达到同样的效果，获得同样的召唤。不论如何，在此地，我曾经丢盔卸甲，然后重新找到了上路的办法。我也感到自己可以做一切事，不论把我扔在世界上的任何地方，我都可以重新造出那柄神奇的钥匙，打开生活的大门。鲁滨孙让人珍视目下拥有的一切，冰岛人则让人觉得人生不过是一场游戏，自由意志是操控这具皮囊的暂时性的玩家。命格全部掉完之前，没有不继续下去的理由。

忘了说，我们的乐队叫"小马和我"，如果是其他手来介绍，他会这么说："我们乐队叫'小马和我'，这位是小马，我是'我'。"

深夜，我坐上了飞往罗马的航班，那里也许有新的未知的陷阱和神奇在等待。如同世界上任何一个尚未抵达但必将抵达之处，也如同任何一个已经踏足却将一再回头的地方。

考虑到冰岛的昂贵和遥远，我原本计划此生只去一次。但在回给旅游公司那位姑娘的最后那封邮件里，我写道：

当然，我会在冬天重返冰岛。

那时我会补全这篇游记的下一个小标题——

极光

2016/7/1~2016/7/23，北京

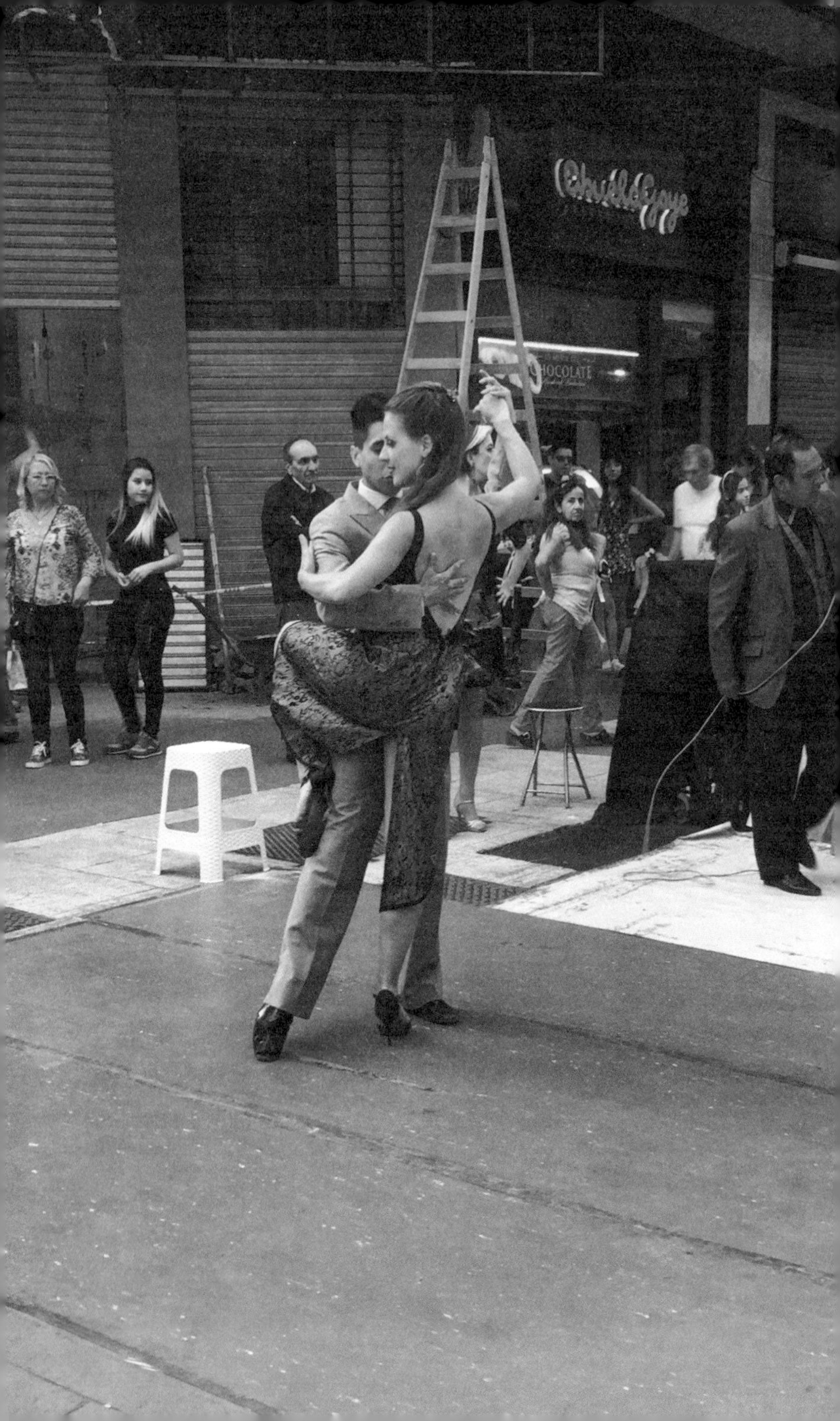
CHOCOLATE

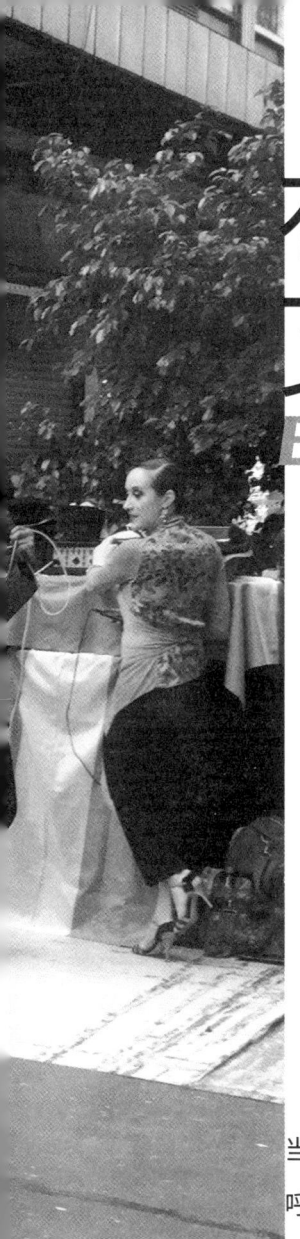

布宜诺斯艾利斯
Buenos Aires

当我认为自己已经足够平庸,可与这城市在呼吸之间一点一滴浪费完所剩不多的生命时,我想也许是时候了。我可以去拜访馆长先生了。

➡

又一次，我一屁股坐在了地上，准确地说是在布宜诺斯艾利斯的七月九日大道上，等待一班开往日本庭院的公交车，然后就听到了几声清脆悦耳的声音，我抬头——

"Hola."

一位阿根廷大叔朝我点头微笑，然后非常酷炫地扬长而去。

我站起来，捡起那几枚阿根廷比索，想要追上去或者直接把钱扔回去："我不是要饭的！"

然后差点儿被自己过长的裤脚绊住。我低下头看看自己，一双已经连续漂泊了太久的蓝色绒布鞋，此刻它耷拉着脑袋，周身尘土，大半被我那条分不出颜色的裤子遮住，裤脚已磨破，卷起了边。上衣呢，还算干净，丝毫看不出来已经超过一个星期没有浆洗。

是有点惨，可还不至于被当作乞丐吧？

就在前两天晚上，我还从行李箱里搜刮出了唯一一件像模像样的衣服，去高级餐厅吃了顿很不便宜的晚餐，假装我是这类 Fine Dining 的熟客。我手边的袋子里还装着从刚刚路过的一家小书店里买来的两本科塔萨尔，西班牙语，没有一个词是我认识的，那也不要紧，如果我能赶上刚刚那家伙，我会把这两本书掏出来给他看："你瞧，乞丐会读科塔萨尔吗？"

不过我只是把那几枚比索装进了口袋，然后登上了刚刚停稳的公交车。既然被施舍了，我又何乐而不为呢？至少在北京，绝不会有人因为我坐在路边就朝我撒钱。而且在北京，我一般都是蹲着。

对于布宜诺斯艾利斯，我大失所望。我不是被王家卫的《春光乍泄》骗了，就是被博尔赫斯《布宜诺斯艾利斯的激情》骗了。或者说，布宜诺斯艾利斯这个名字，经过中文的周转而焕发的梦幻与浪漫欺骗了我：有一些地方，光听它们的名字就足够产生致命的吸引，比如说，卡萨布兰卡；比如说，伊斯坦布尔；比如说，布宜诺斯艾利斯。当我出了机场，坐着出租车经过沿途正在开发的荒凉公路与破旧楼宇，缓慢驰入这座看上去和激情没一点儿联系的规整城市时，我的感觉和第一次去成都的时候惊人地相似：它们看上去和你去过的任何一个空洞地出入其间并迅速遗忘的城市没什么两样。网恋奔现差不多就是这样。长大成人兴许也是这样。

同样作为南美国家的首都，它甚至缺少圣地亚哥的混乱躁动给人带来的新鲜和惊异，我应该无限赞美圣地亚哥：你能够从道路边不知羞耻地绽放的花枝和街头裸露着的大片肉体，以及每一家从日光尚未褪去之时就开始揽客的脱衣舞俱乐部那里立刻意识到，你来到了南美。这完全就是你想象中南美的样子，它充满饱和度过高的艳俗，女人们都仿佛从阿莫多瓦的电影里走出来，臀部浑圆，发型爆炸，着装浑不在意地展示着性别差异，涂着绝不会在亚洲市场出现的亮色指甲油。你身处其间，会觉察到自己的突兀。你不该是这副打扮。

我穿着在圣地亚哥选购的完整衣衫辗转来到了布宜诺斯艾利斯。可现在我又开始格格不入了。我就像是刚刚从三亚度完假回到了——成都。一座城市。除了城市之外找不到别的词汇，城市就是它包含的唯一那个词语。布宜诺斯艾利斯，它太城市了。一般人管布宜诺斯艾利斯叫南美巴黎，这多少有些侮辱人的意思，就像一个县城的商业中心被人喊作小香港。作为南美最富裕国家的首都，文明为布宜诺斯艾利斯带来的最直观的结果就是平庸。

基于这种失望，我在布宜诺斯艾利斯的每天都是醉的。这一点它倒是和相邻的那个国家不约而同：你去任何地方吃饭，都不可能不喝上一杯葡萄酒。就像在广东，服务生总会先问你饮乜茶。

说到这儿，我发自内心觉得我们现在应该读一点儿博尔赫斯，好让你有耐心接着听我说下去：

倘若万物都缺乏实质[1]

倘若这人口众多的布宜诺斯艾利斯

其错综复杂足以与一支军队相比

却仅仅是一个梦

由灵魂共同的魔法获得,

那么就有一个时刻

它的存在陷于混乱无序的危险

而那就是黎明震颤的瞬间,

这时梦见世界的人已不多

只有几只夜猫子保存着

大街小巷灰色的,几乎

没有轮廓的图像

他们随后要与别人将它确定。

此刻生命的持久梦境

正处于崩溃的危险里,

此刻上帝会轻易地消灭

他的一切作品!

但又一次,这世界拯救了自己。

光明漫流,虚构着肮脏的色彩

而心怀某种歉疚

---

[1] 节选自博尔赫斯诗作《拂晓》,陈东飙译。

悔恨我每天复活的同谋

我寻找我的屋舍,

在大白的天光中它惊愕而冰冷,

与此同时一只鸟不愿沉默

而那消退的黑夜

留在了失明者的眼里。

那么就说一说博尔赫斯吧。

我住在佛罗里达大街不远的地方,很快我意识到自己做出了一个多么愚蠢的选择,我住在了布宜诺斯艾利斯的王府井大街!这意味着你可能待上好几个星期,也不会发现这个地方和博尔赫斯有什么关系。这里不同于布拉格之于卡夫卡——那是另一种灾难,无论你走在人满为患的布拉格广场,还是艰难重重地穿过查理大桥一访对岸的新城,卡夫卡作为一种文化景观都出现得过于泛滥了,你走进任何一家商铺,都能看见他那张苦寂的脸,在杯盘上、在明信片上、在挂毯上,幽暗地望着你,仿佛在说,看看这帮傻瓜对我干了什么。设想一下吧,有一天万能青年旅店(尽管他们现在已经成了中国音乐圈最流行的乐队之一)在工体举办万人演唱会,你同一群平均年龄小你十岁以上的年轻人举着荧光棒合唱《杀死那个石家庄人》。或者是你有幸来到了唐朝,揣着一幅模糊不清的画卷翻山越岭来到洛阳,试图寻访寓居于此的李白,前一秒你还在担心如何能够打听到他的住址，下一秒便发现大街小巷都在兜售李白的吟唱磁带和文化衫，想见一面得先去案内所排个号。

好的。我知道。完全にわかった（完全明白）。这只是一个误会。一位只在自己的狭小房间内通过纸字认识那位博士先生，而从未将他放置于四海尤其是他的国家来认识的年轻人的误会。这个误会太大了，仅存于这位年轻人狭隘的心灵里。仔细想想，这事儿其实也没那么糟。只是让人有些五味杂陈。这种错愕和失落直到我搭乘地铁转公交辗转来到远离布拉格城堡的远郊，在一座巨大、安静、迷宫般的墓园里找到了卡夫卡的墓地才得到缓解。墓地前并没有太多的鲜花。于是我买了一盆雏菊放在那里，然后又替朋友买了一盆放在我的那盆边上。好了，现在我可以彻底离开布拉格了。并且永不再来。

而在布宜诺斯艾利斯，我迷失了。

那么就去找一找馆长先生吧。

应该从哪儿开始呢？

我放弃了用布宜诺斯艾利斯和博尔赫斯做关键词检索出藏匿于这城市的关键地标，合上电脑，把房卡、信用卡和手机揣进裤兜然后出门。我放弃了从圣地亚哥坐夜班大巴翻越安第斯山脉去阿塔卡玛沙漠，再经由阿塔卡玛附近的小镇偷渡去玻利维亚寻找盐湖的计划；放弃了从布宜诺斯艾利斯中转至伊瓜苏，在阿根廷这边看一半伊瓜苏瀑布，再去巴西那头看另半边伊瓜苏瀑布的计划；放弃了中转到旧金山看望故友，再去洛杉矶跨年的计划……不是为了在这个城市停留许久，访问一位只是曾经短暂出现在我的阅读史上的作家，我甚至从未完整记住过他的任何一篇小说，也没有买过一本他的纸质书籍——这可能是弥天大罪，他出版了那么多本书！

我会放弃这么多计划选择在这里待上数天就打道回府，只是因为我太想回家了。我已经在三大洲流浪了一个多月，这一趟旅程我只计划了开头，完全没有想好会在哪里、在何时结束，这主要是因为我不确定自己能不能活着从南极回来，再次踩在坚实的土地上。这就是为什么我已经没法从行李箱里找出一件整整齐齐的衣服，它们中的一部分已经因为太破被扔了，还有一些是路上随季节的变化新添的，我在短短一个多月经历了完整的春夏秋冬，在不同的纬度反复跃迁。现在，我最需要的是一双新鞋，不管是回家还是拜访博尔赫斯。

说干就干。

但很快我就发现问题了。首先，直到我离开布宜诺斯艾利斯也没搞清楚大街上所有这些商店的营业时间。实际上，我曾见过它们同时开门最多的一次，也只有不到三分之一的店铺开了。我试着在不同的时段在街上转悠，最终确定它们是真的关门而非在某个诡异的时段短暂地营业。除了我旁边的佛罗里达大街，几乎大部分地区都是如此。即便是佛罗里达大街，也是六点以后商铺就开始陆续关门。这实在是要了我的亲命了，我像只孤魂野鬼在阳光猛烈的街头踱步，然而压根儿就不知道去哪儿，如同一只大冬天走在结冰的湖面上的鸭子。第二个问题，在这里，无论买什么，即便是在水果店，只要你使用信用卡，就必须要出示 ID。我又有从不携带现金以及兑换当地货币的恶习。我在头一次碰到这个问题的时候就正好没带护照，在店员坚决拒绝让我使用信用卡支付之后，我走出门又灵机一动，不甘心地回来，给对方展示了我手机 App 上的酒店订单，我的酒店门卡，以及我的信用卡，然后帮他理顺这里头的逻辑："看，酒店订单和信用卡上是同一个名字，而我手上的门卡证明我住在这家酒店。我手上有两样同时证明实名身份的东西。这和同时具备 ID 和信用卡的意义是一样的。"店员总算同意做成这笔生意。

不管鞋的问题了，我直奔布市最著名的雅典人书店。书店乃由一百年前的歌剧院改建，四层建筑被密集的书架填满，在歌剧院的灯光效果下煞是震撼，原本的舞台成了休憩区，曾经的观众如今成了舞台上的一员，那样子好像就是一出正在轮演的话剧。我很快和博尔赫斯、科塔萨尔不期而遇了，在阿根廷的书店你想不遇到这两位都很难，在雅典人，他们两位老人家都有自己的专属书架区。我跌入陌生语汇的海洋万劫不复。

吃是另一个问题，布宜诺斯艾利斯谈不上有什么美食。当我抵达这座城市的中心地带，放下包袱后想到的第一件事是，找一家可以吃海鲜的餐厅。然而不晓得为什么，布宜诺斯艾利斯最有名的是它的牛排。一个靠海的地区酷爱吃牛排，这当然不是特例，潮汕地区也爱吃牛肉。我吃海鲜、饺子、比萨，甚至吃了在罗马根本不会去吃的 Freddo 连锁冰激凌，就是拒绝去吃所有旅行指南都在推荐的牛排。叼着冰激凌的时候我忽然想起来我还应该去干点儿什么了——几个月前和一位跳探戈的朋友喝酒时，他千叮咛万嘱咐要我记得去阿根廷看一场探戈表演。我后来再也没见过那位跳探戈的朋友，却牢牢记住了他关于为什么要跳探戈的回答："因为我喜欢女人。"

于是我踱步去了市里最出名的托罗尼咖啡馆，布市的咖啡馆总是兼具探戈表演的功能。我又一次和博尔赫斯不期而遇了。如同布拉格的罗浮咖啡馆之于卡夫卡，维也纳的中央咖啡馆之于弗洛伊德、托洛茨基、茨威格，罗马的古希腊咖啡厅之于司汤达、歌德、李斯特……此间咖啡馆可能是我见过最不惮于展示自己和社会名流、在地文化的密切关系的一个：角落堆放着各式文人雕塑，墙上张贴着历史上的新闻剪报和摄影图片，还将博尔赫斯等人当年的专座特意圈了起来作为展示。不过，最让我感到恍若隔世的是，咖啡馆里有一块空间，放置着一个玻璃橱柜，里头展示了前面提到的这些

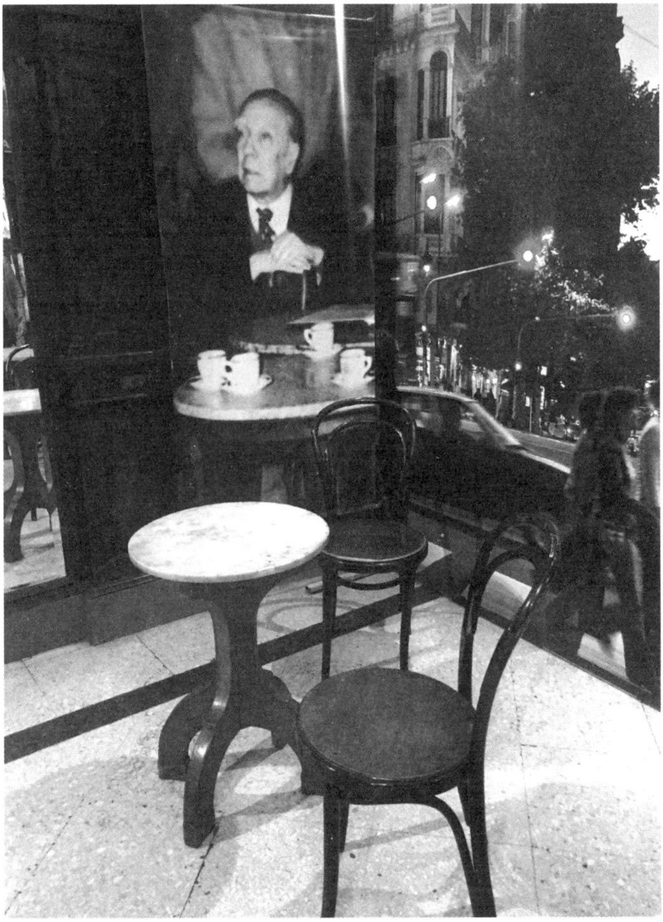

世界各地知名咖啡馆的杯具，以标明它的地位和它们一样，同属世界一线咖啡馆。

我已经非常努力地不把对这城市的短暂造访变成一场朝圣之旅，然而我言不由衷，醉翁之意不在酒，命运不可抗拒，词语卷土重来。我错过了最后一班地铁，只得沿着七月九日大道往回走。方尖碑闪烁着诡异的紫光，周围簇拥着持枪的警察，我突然收获了在此生活的灵感。

我的行李箱里还有另一双鞋呢，我的跑鞋。

我就是这么在一大早从住处跑到了博卡区，参观了一圈博卡青年主场，在空旷的球场里发了一会儿呆，然后在色彩斑斓的贫民聚居区慢跑穿行，在巷口的阳光下俯瞰大批大批的游人坐在遮阳伞下推杯换盏，然后又沿着原路往回跑，结果却遭遇了一条数千米长堵住了道路的露天市集，我几乎要跳起来，这可是我头一次在布市见到这么多人。当以跑步的方式打开这座城市时，一切都变得不一样了。

另一天早晨，从五月广场一路向西，我慢跑到了国会广场，途经了玫瑰宫和议会大厦。路过巴罗洛宫的时候，我偷偷溜了进去，乘坐古老的手动推拉门的电梯来到了顶层，像个在未知的建筑内开启冒险之旅的小男孩，层层往下逡巡。这感觉像是置身于特吕弗的电影里。我回想起一年前在柏林的夜晚，我和几个朋友在博物馆岛溜达，在博物馆高耸的石柱之间奔跑嬉戏，几乎就是《戏梦巴黎》。1919年的时候，巴罗洛宫开始修建，这是当时整个南美最高的建筑，在对岸的乌拉圭也能看到这栋摩天大楼。据说，这栋建筑是以但丁的《神曲》为灵感设计的，它一共22层，低中高三部分分别代表了地狱、炼狱和天堂。近百年过去，从外观上看，它着实有些普通，但游移其中，仍能闻见幽灵的气味。

凭着跑鞋，在白天，我造访贵族公墓，遍寻贝隆夫人而不得。午后，我在博物馆和美术馆里头散步，收获新发现的画家。我就这样在布宜诺斯艾利斯耽搁起来了。有一天，我计划去科隆剧院看演出，因为信用卡出了问题没买成票，只好坐在剧院的咖啡馆看书，一位长得像圣诞老人的老爷爷突然走到我的桌边，在我手心里放了一枚他刚刚折好的千纸鹤，说，送给你。啊哈！我开始有点爱上这个地方了。

每天晚上，我在住处附近的酒吧喝上两杯葡萄酒，和本地人学习葡萄酒知识，我已经学会辨识葡萄酒瓶身上的不同标识所代表的含义，也记住了六大葡萄品种和它们的主要产区，还知道了阿根廷哪些酒庄的葡萄酒是最好的。我不喝多，微醺即止，在月光下和路旁的酒鬼流浪汉们一起在地上坐一会儿，欣赏路过的阿根廷姑娘的长腿，然后回酒店倒头就睡。阿根廷人的身材确实是南美大陆里头最标致的，颀长、挺拔、收敛，比较文明的长法。

有钱的时候我就去马德罗港附近，沿着河边随便找一家餐厅，吃一顿不会记住任何一道菜全名的饭，我可能会碰上好机会，叫我喝到此生最棒的白葡萄酒。然后沿河而下蒙眬着双眼散步，在女人桥上看夜景。或是坐出租车到巴勒莫区，吃一份海鲜饭和一份提拉米苏。这里幽静异常，每一片树影都精致放浪，只有在此刻我会又一次想起我们的馆长先生——这正是他生活的区域。

我们应该再次读一首诗歇息一下：

免于记忆与希望[1]，

无限的，抽象的，几乎属于未来。

死者不是一位死者：那是死亡。

像神秘主义者的上帝，

他们否认他有任何属性，

死者一无所在

仅仅是世界的堕落与缺席。

我们夺走它的一切，

不给它留下一种颜色，一个音节，

这里是它双眼不再注视的庭院，

那里是它的希望窥伺的人行道。

甚至我们所想的

或许也正是它所想的；

---

[1] 节选自博尔赫斯诗作《愧对一切死亡》，陈东飙译。

我们像窃贼一样已经瓜分了

夜与昼的惊人的财富。

当我认为自己已经足够平庸，可与这城市在呼吸之间一点一滴浪费完所剩不多的生命时，我想也许是时候了。我可以去拜访馆长先生了。

要找到他并不费事。他出生时的那个地址离我不远，现在是一幢高楼。他出生的这条路如今被命名为博尔赫斯路。他工作的第一家图书馆——布宜诺斯艾利斯市立图书馆如今成了他的一个小小的纪念馆，然而我拜访的时候它并未开放（我再一次被阿根廷人混乱的工作时间弄得恼火）。博尔赫斯基金会则在另一个区域，那是他曾居住多年的一栋西班牙风格的房子，他死后由玛丽亚·儿玉将其变为了基金会的所在地。你满可以在一天之内将这些地方一一走遍。然后我终于感到这么做并没有任何意义。也许我就应该狭隘地通过纸面获得些许领悟，而不是试着在三次元和这位失明症患者发生什么联系。就在我筋疲力尽地沿着羊肠小路打道回府时，我路过了墨西哥街，紧接着脑中灵光一现："墨西哥街，好熟的名字！"然后我想起来，馆长后来工作的阿根廷国立图书馆就在这条街上。

我掏出手机打开地图，一转弯就来到了阿根廷国立图书馆门口。这座已经破败的建筑实际并不雄伟，大门虚掩，我好不容易推开了门。门卫是一名中年女士,她试着用西班牙语告诉我什么,我猜也许是说:"你来做什么?这里不允许外人出入。"1999年,阿根廷国立图书馆搬迁至新馆,这座建筑如今成了阿根廷国家音乐中心,但也未见得其"国家"的级别,原本是图书馆大厅的位置稀稀拉拉堆放着一些椅子,中间是个空旷的排练场,你只能通过周围上方被改制成窗户的书架看出图书馆曾经的影子。博尔赫斯从未去过新馆。

"我是博尔赫斯的读者,我想看看他曾经工作的地方。"我这么告诉那位女士,也不知她有没有听懂,不过,像我这样的人应当很多。于是她带我大致参观了一番图书馆。

当我走出去的时候,我想,好了,就到这里吧,现在我总算可以离开这个地方了。

并且又一次永不归来。

于是在最后一天,我像个终于放弃了与生活斗争的罪犯一般,喜不自禁地回到了蓬头垢面的皮囊里。我又一次在大白天坐在了地上,如果可能的话,我会想躺下来。太阳晒得我皮肤痒乎乎的。我坐上一趟公车,让它随意地带我去城市很远的地方。我听说在那里日本人为这里的人民建立起了一座庭院。

后来,当我再一次蹒跚走在京都人潮汹涌的金阁寺,在坐满了不同肤色游人的天龙寺枯山水庭院的台阶上躲避光线,在开满了梅花的北野天满宫寻觅一个可以抽烟的场所，耐着性子等待同伴找出一个可以容纳伏见稻荷大寺全画幅的拍摄角度的时候，我都没有再想起布宜诺斯艾利斯那间看上去假模假式的出于外交需求而修葺的日本庭院。但此刻，我站在位于这个现代化城市的西北角上的庭院里，长吁了一口气。人工的假山小桥流水让我恍然大悟，自己正置身于一座离我熟悉的那片大陆几亿光年的陌生地带，将我同往日的生活联系起来的，不仅是我在街头看到的歪歪扭扭的中文涂鸦，不仅是七月九日大道上在晚间释放荧光紫射线的方尖碑——那样子总让我想起在北京夜跑至天安门时远远看到的人民英雄纪念碑，还有生活于此的人民对太平洋另一端同样不为人知的新世界的寄情遥望。

在此，容我向您从头叙述我的故事：

我是在大洋的惊涛骇浪中远航至此的，我很高兴来到你们大陆的中心，这也是我的大陆。

而这故事的结局早已一锤定音：

布宜诺斯艾利斯没有激情。

2017/4/2，北京

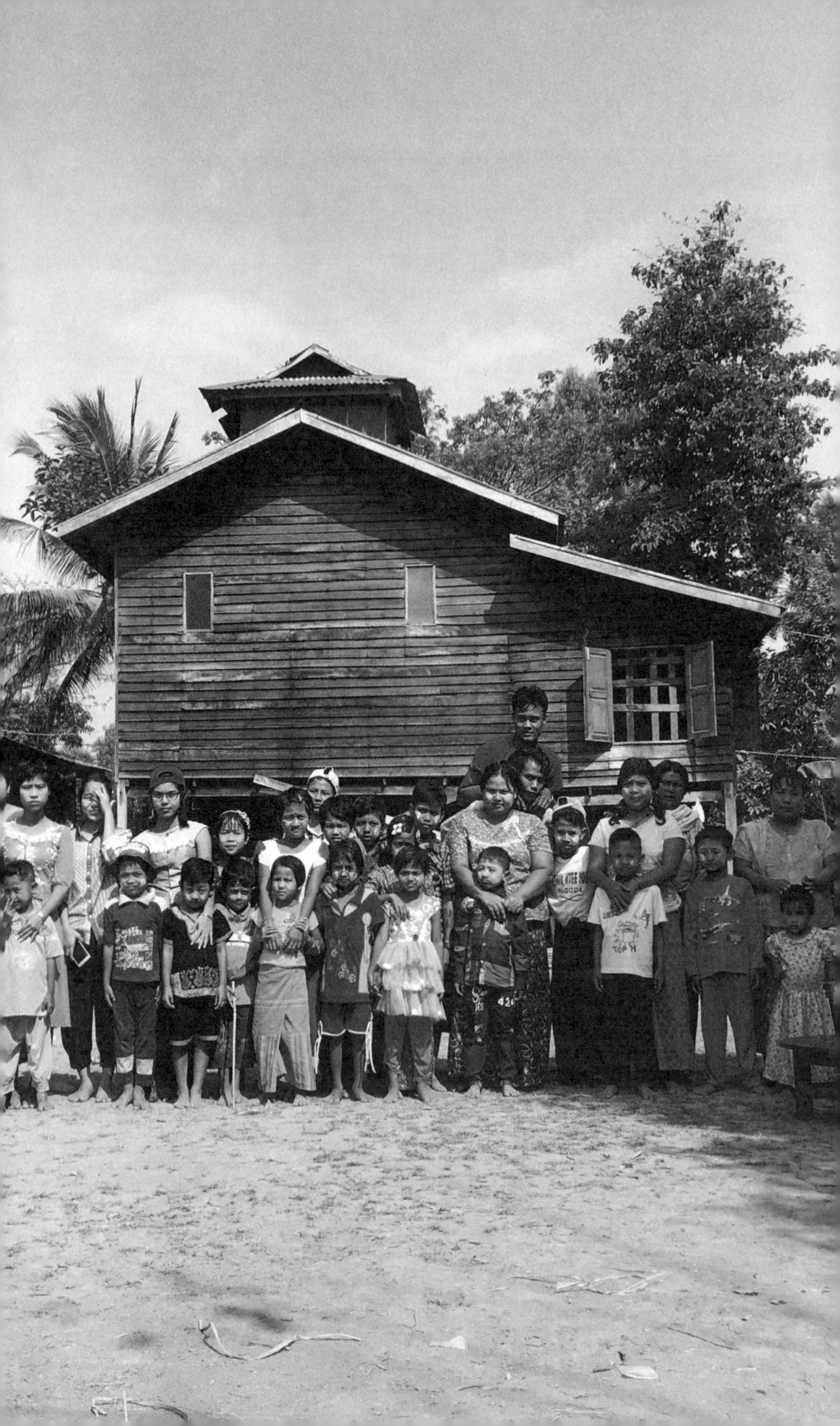
PAGODA
TOP H

缅甸
Myanmar

可是,

世界上大部分事情都不能按照道理运转。

➡

"我去！"

我试图控制住车头，但轮子在沙路上依然无可救药地打滑，我心里一慌，想着要刹车，右手却向内拧起了车把，那是加油的方向，摩托车不由分说向前冲去——

我第二次把我妈从摩托车上摔下来。公平的是，这次是我和她一起连人带车倒在了地上。

头一次是在瑞西光塔门前，我刚租上这辆摩托车没多久——准确地说，它根本就不是一辆真正的摩托车，应该叫电动助力摩托，但骑着它在蒲甘的公路上疾驰仍然让我感到，我也可以就此撰写一本《禅与摩托车维修技术》。只除了后面载着我妈。我应该已经预感到会发生一些危险，因为我非常心虚地感受到自己正在做一件颇为托大的事。我努力把这种感觉压下去。千金之子，坐不垂堂。我偏要垂堂。把摩托车停在瑞西光塔前时，我就差点儿把它弄翻过去，实在太沉了，两个站在佛塔门前的缅甸妇女热心又惊恐地抢上前来，帮我把车扶稳。我停妥了车，然后和我妈两个被她们的盛意提溜入内。那是佛塔延宕出的走廊，两旁鳞次栉比地排列着各种商铺，卖笼基、T恤、手串、佛塔模型摆件等各类传统和现代交错的旅游纪念品。"来我家铺子看看吧。"女人一手拎着我们的拖鞋，一手张罗我们往她的铺子走。我这才明白刚刚我们被她引导着走进来的那扇门根本不是佛塔的正门。我再一次被她们预支的善意蒙蔽了。我一脸蒙圈。"不。等我们出来再说吧，好吗？"我说。"可以，完全没问题。"女人笑容不减，往我和我妈衣服上别了两枚折纸胸针，"送给你们一个小礼物。"她说。

我有不祥的预感，这绝不仅仅是"一个小礼物"那么简单。

果然，等到我们从瑞西光塔再次走出来的时候，那两个女人一眼就把我们辨认了出来——通过那枚胸针。我们就像两头屁股上被烙铁戳了记号的猪，走到哪儿都是那么耀眼。我顽固地表达了对她们的货物没有兴趣，然后把我妈从她们手里拽了出去。她们立刻变了副面容。"你们迟早会遭报应的。"我仿佛听见她们在内心诅咒。

我走到摩托车旁，试着把它重新推上公路，我妈则以为一切准备妥当，毫无危机意识地跨了上去。就是在这时，我因无力支撑连人带摩托的重量而双臂一软，它轰然倒下，我妈一屁股摔在地上。我觉得有些不好意思，又有些恼火，但最让我不爽的是，我仿佛看见那两个女人此刻正在远处看这一出好戏。幸好另一个缅甸男人走过来，充满善意地帮我扶起了摩托车，对我妈嘘寒问暖。更幸好我妈毫不在意地从地上爬了起来，拍了拍身上的灰，像另一个我一样淡然处之，没有对此事表达任何意见。

这个场子我还算没有全部丢尽。

在那个男人的帮助下，我们重新上路，直到离开他一百码之前，我都心有余悸地揣测，他会不会给我指引出另一条通往小商品售卖市场的路，让我再次惊觉他刚才的帮助也是预支的。

这就是我待在缅甸的主要感受：你总能在一开始得到非常好的"服务"，紧接着就会发现人们只是为了从你身上获得什么。是的，我知道服务意味着金钱，全世界都是如此，但在这里，你感受到一种迫切和直接，资本主义至少披着文明的外衣，为你制造某种幻觉，在这里，利益交换是如此赤裸裸，许多情况下，甚至成为近乎乞讨式的索要。贫穷让人们失去了人性的外观，暴露出他们的动物本能。而且他们一点也不在乎。

我非常深刻地体会到了乔治·奥威尔身在此地的感受。现在我要说，我对他此前的冷眼旁观的冷漠评价完全是不公正的。

"我很能理解你的感受。确实，数量巨大的游客在短时间内一下子涌入这个刚刚开放的国度，他们会不可避免地遭遇不好的体验，尤其是作为游客，他们花在酒店、餐厅的钱，与缅甸百姓的人均收入产生巨大对比时，生活在这里的人会认为这些外国人身上蕴含着无尽的财富。"艾玛·拉金告诉我。她是《在缅甸寻访乔治·奥威尔》一书的作者，在亚洲长大，后来在伦敦大学亚非学院学习缅甸语，曾数次造访缅甸。

我没有和她说出更多的细节。比如，在曼德勒的时候，我坐船去对岸一个偏远的小镇参观镇上的佛塔，两个年轻的缅甸小伙殷勤地凑上来跟着我们在各个景点之间游览，用别别扭扭的英语试着介绍每处景点的背景，我误认为他们是热情的当地人，直到最后一刻他们伸出双手找我要钱，并且开了一个不低的价格，我才明白自己是被强行"导游"了一把。"就你这样也算导游？！我拒绝。"我说。事后回想他一路上跟我透露的一些关键信息，我才为没早觉察出那些信息的潜台词而自觉迟钝："我在念大学，修习印度语。""我的父亲死了，家里只有我和母亲。"此刻，这些信息变成了他的一个回旋踢：

"求你了，就当资助我上学吧。你付得起的。"他看着我说。

就是这最后一句让我怒从心头起。"什么叫我付得起？我也是很穷的好不好！"说完这话我自己抢先委屈了一步。然后觉得又好气又好笑，我为什么要靠和他比谁穷的方式来证明我不该付他钱这件事？我应该说："首先，你应该凭自己的劳动谋取正当的利益。如果你的劳动价值没有达到值得付钱的程度，我就不应该付你钱。其次，我们的信息并不对称，并没有经过协商进入一个劳动合约过程。所以，我也不应该付钱。"可是，世界上大部分事情都不能按照道理运转。

事件最后在旁人的劝解中达成和解，也就是说我受制于他们的道德绑架而妥协了一部分。结果他们自己反倒因为分赃不均吵了起来。事后我猛然想起，在缅甸，大学教育是免费的。况且我从根本上怀疑他们是否真的在上大学。

这属于稍微文明一些的情况。另一天，我去另一处小镇，上岸时，已经有数十辆马车等在那里，当渡船靠近，所有的车夫蜂拥而至，瓜分这批游客。如果你不理会他们的吆喝径直向前走，他们就会一直跟着你，在你耳旁一遍又一遍地大声重复着"Hello"和"50000"，"50000"是乘坐马车的费用。他们会跟着你这样走上几百米，像机器人似的，好像不明白你不是没有听见"Hello"，也不是嫌"50000"缅币太贵，而是根本没有坐马车的打算。当你坐在街边吃米粉的时候，他们会继续坐在不远的阴凉处，甚至还会帮你和米粉摊的老板交涉，张罗着一切细节的安排，仿佛已经成了你的仆从，然后等待。

等到你点点头，愿意让他们赚到这笔钱的时候。

他们身上无穷无尽的耐心和毅力，以及沟通的不可能，打破了文明和物种的幻觉。我们不一样。我们并非同一个物种。我是先从他们的眼神中看到了人为刀俎我为鱼肉的信号，才明白了自己在他们眼中到底是什么。这无关哪一物种更高级的问题，没有高低之分，尽管表面看他们位居生产链的下层，但那只是一个物种对待另外一个物种的方式——就像如今人们屈尊于一只猫，恭谦地将它们称作"主子"，将自己命名为"铲屎官"一样。

没有高低之分，只是非我族类。你可以是人，也可以是一只蚂蚁。但和我都没关系。

这感受我在秘鲁也明显有过。当时我在马丘比丘脚下的温泉镇上的一家餐厅，被他们的壁炉炸出来的火炭烫伤了脚，情况有些严重，当我和服务员解释清楚发生了什么事时，他的第一反应竟然是哈哈大笑，不是不怀好意的，他就是觉得这事儿和在喜剧电影里看到一个人遇见了倒霉事一样，你不会真的担心那人，只会觉得好笑。一定有许多心理学家研究过同理心的高低与物种亲缘程度的关系。亚洲人或许比印第安人更担心我的受伤问题，日本人或者又比缅甸人更关心我是否对对方产生鄙夷之情。

因此，我才理解了奥威尔反复在作品中表达的那种复杂矛盾的情绪。他既为自己在殖民地做帝国警察——一名压迫者——的身份感到羞愧，又对这片土地上生活的可怜人产生无法控制的厌恶。同时，他又为这样的情绪自我厌恶。情况从来都没有那么简单，殖民与被殖民，压迫与被压迫。人之所以高级就在于他有更加精细的心理。当他身处一个遵守另一套社会法则的群体中时，就没法被一套规定性的情绪所左右。应该这样，应该那样。有大量的存在于应该之外的感受，他没有办法忽略。而共同秩序和社会规范的意义，不在于在道德上硬性矫正，在于我虽不愿，但可以去理解，以此缝合个体与个体之间的不同。

几天后，我和同事 C 以及他的女友 P 在仰光会合。同事是西班牙人，他女友是巴西人。我们此番来缅甸的目的是奉编辑之命做一个和奥威尔有关的选题，某种程度上是在十几年之后重新检验一遍《在缅甸寻访乔治·奥威尔》一书的事实是否有所变化。同事和他女友，我和我妈，我们这个奇怪的组合一起吃了顿工作开始前最后的晚餐——在仰光市中心的潘索丹大街上的一家茶室。茶室现代化而洋气，菜单是改良和高级版的本地菜，缅甸特色的奶茶也如化学实验般，有多种纬度做坐标轴组合，供客人选择。与上缅甸相比，下缅甸的饮食更接近南亚风格。在曼德勒和蒲甘，我总是在吃各种各样的咖喱，到了下缅甸，我总算能吃到正常风格的炒菜，以及 Mohinga——一种由鱼汤泡的米粉，和 Ohn-no Khau Swe——一种椰汁鸡汤做底的面条。但是，我觉得在缅甸最好吃的东西还是空心菜，无论在上缅甸或下缅甸，城市或小镇，都有炒空心菜可以点，叶嫩杆脆，和苏州的冬笋、扬州的荠菜一样，实属应季美物。第二日清早将我妈送上去机场的出租车，好日子就此结束。

"所以，告诉我，乔治·奥威尔在这里做过什么？"C问。

我大吃一惊："所以，你还不知道我们为什么在这里？"

作为一个在巴西待了七年的西班牙人，C的职业使命感只能到这了，对他来说，没有什么比生活这事儿更重要了。C从不加班，只负责保证自己的分内工作，来缅甸前他正和女友、家人在泰国度假，以至于我们会合之前，由他负责的接下来的住宿、交通以及工作日程都没有定下。可以想见，他对奥威尔并不太关心，作为摄影师，他关心的主要是怎样能拍到一张漂亮的照片。我对奥威尔其实原本也不怎么关心——如果诚实回答，我会说，我对他的不关心来自早年对于文学承载意识形态这一行动的本能的怀疑。

但是现在，一切都不一样了。世界上每一个地方都在发生剧烈变化。无人幸免。

"自你写完那本书之后，缅甸发生了许多变化。你最后一次来这里是什么时候？又怎么看这些变化？"我问艾玛。

艾玛·拉金撰写《在缅甸寻找乔治·奥威尔》时，缅甸仍处在军政府统治之下，书中的缅甸正如《1984》的描述，人人自危，没有言论自由和出版自由，奥威尔只能被秘密传阅，政治犯遍地都是。我妈捧着这书看了一路，看完了放下说"这书看得人心里真不舒服"。她紧接着又看村上春树的新书《刺杀骑士团长》，看完上册说"看得她心里很害怕"，但还是连夜把下册看完了。我不由得非常羡慕她拥有一颗如此健康阳光的玻璃心脏。她眼里的缅甸显然和《在缅甸寻找乔治·奥威尔》中的完全不同。

2010年,缅甸结束长达半个世纪的军政府独裁统治,昂山素季和大批政治犯得到释放,民主选举、对外开放等一系列变化让这个国家在短短几年内经历着看似翻天覆地的响动。"我最后一次去缅甸是两年前,在那之前差不多每年都会去两三次。是的,这个国家变化很大,选举制度,昂山素季的当选,管制的取消。但那都是表面的,更多的是不变。"艾玛·拉金说。

那么,表面的变化是什么呢?

1922年11月,19岁的奥威尔来到曼德勒,加入英国政府的警察训练学校,开始了自己在殖民地的工作生涯。他在此度过了一年的时光。这是缅甸第二大城市,位于平坦而干燥的平原上,这块平原被英国称为上缅甸。这里保留有缅甸最完整的皇城和缅甸佛教最重要的圣山曼德勒山。

预算有限,我们工作的范围最终被限定在下缅甸和三角洲区域。于是我提前一周到达缅甸,做些工作外的考察。也就是吃喝玩乐。我妈要求蹭玩,我说,我没钱请你玩,你如果要来能不能自己负担费用?她说那很合理。

在缅甸进一切寺庙都要脱鞋,我的脚底板每天都漆黑。后来有天C的女友忍不住问:"为什么他们从来不打扫自己的寺庙?他们有那么多钱,都用来干吗了?"她是说庙里的僧人，她刚从泰国过来，显然觉得泰国的寺庙干净许多。我也不知道，我说，再说，他们真的有钱吗？"当然了。"她笃定道。每一间寺庙都能见到许多猫，骨瘦如柴，成倍繁殖，怀着孕的母猫瘦骨伶仃地躺在阴凉处的瓷砖上，奄奄一息。有两次，我都因坐姿或蹲姿不雅，或许造成了一定程度的走光，被陌生的缅甸女性走上前善意提示，让我把裙子再披披紧。我在曼德勒待了两天，住在大皇宫边上。夜晚出门时，路灯幽暗，机动车道上的汽车和摩托车横冲直撞，扬起一阵尘土，这里不适宜行走，几乎没有人行道，青少年赤足在机动车道上踢球，大排档的桌椅、树木和各种车辆五花八门地从路边生长出来，共同侵占同一条大道。出租车都是私人驾驶，事先讲价。看不出这座城市和曾经的繁华有任何联系。旅游业发达，任何一家旅馆都提供业已成熟的两条包车游览路线：外曼德勒和内曼德勒。其中一天我去了城中著名的马哈根达杨僧院，马哈根达杨僧院是缅甸最重要的佛学院，空阔僻静，早上九点之前到达，你会觉得这是一座美丽而清净的学院。但是九点一过，大小巴士兼出租车私家车蜂拥而至，游人全部围到炊事房和讲习堂旁边的一条不宽的道路两旁，为自己找到一个位置，支好三脚架，架上长焦筒，开始聒噪地等。

  僧人一天只吃两餐，早上四点一餐，然后是晨课，诵经念佛，十点吃第二餐。他们等的就是这第二餐。僧人们会排着长队，怀抱黑漆饭钵，顺着这条道路整齐地走到炊事房，打饭吃饭。这本源于僧人外出接受布施的传统，现在，这一景象被旅游业命名为"千人僧饭"。实际景象中，几百名长枪短炮的围观者将行道围得密密麻麻，才更叫人大开眼界。中间鱼贯而入的僧人早已见惯这幅景象，每日迎来送往。

除此之外，曼德勒再无特异之处。结束例行游览，我问司机可否载我去警察训练学校，他问，你去那里作甚？我只好解释，那里曾是一位英国作家的学习之处。"谁？""乔治·奥威尔。"他迷惑不解，又问："谁？"

我和在缅甸打交道的每个人提及乔治·奥威尔，包括那两位"导游"大学生，但似乎没有一个人听过这个名字。

"请问您是否知道利莫欣家族？您是否知道在军政府统治以前，这条大街名字的由来？您知不知道有一位英国作家，他的名字叫作乔治·奥威尔？"在毛淡棉39℃的高温烈日下，我们在利莫欣大街上挨家挨户掘地三尺地敲门询问。说敲门不够准确，坐落在这条街上的人家，居住的是典型的旧式缅甸吊楼，门脸朝街，平地起吊，敞开式的门廊，老人家、妇女和小孩就坐在木制的门廊上纳凉休憩，做手工活，同时观察我们这样沿路而过的陌生人。因此，只需站在门口，便能和他们说上话。

然而，在利莫欣大街，我们一无所获，除了知道这条街的名字来自乔治·奥威尔母亲的家族。奥威尔的母亲在毛淡棉长大，他的外曾祖父曾经在毛淡棉有着值得骄傲的柚木生意，使得他母亲一度过着公主般骄奢富贵的生活，回到英国后仍然缅怀不已。这座城市如今是缅甸第四大城市，也是孟邦的首府和最大城市，地处缅甸南部三角洲的位置，依傍萨尔温江，在18世纪英属缅甸时期，它是缅甸首府，也是重要的国际贸易中心，盛产柚木、老虎和大象。19世纪，英国将首府设在仰光，这里开始衰落，木材厂和造船厂被关闭，逐渐沦为一个度假之地。到了奈温统治的军政府时期，缅甸闭关锁国，这里每况愈下。如今，它看起来更像一个小镇，街道上不时出现的英式教堂和英式别墅证明着它曾经的辉煌。

1926年，奥威尔被分配在毛淡棉担任警务首长一职，他选择到这里就任的原因显然有家族影响。和缅甸的其他地方一样，这里到处都能看见佛塔，最有名也是最高的一座是杰昙兰佛塔，它还有另一个名字，吉卜林塔。英国作家吉卜林曾坐在这里写下他的名诗《曼德勒之路》：

在毛淡棉白塔旁，沿海向东边遥望[1]，
那里有一个缅甸姑娘，我知道她在想念着我，
棕榈树林里轻风婆娑，塔上风铃响动，
像是在说：

---

1 该译作在网上流传较广，但笔者始终没有查到译者是谁。

回来吧,英国士兵,回到曼德勒,

记得你们的舰队停泊的码头?

记得你们划船的声音?

那是曼德勒之路,一路都是飞翔的鱼。

像是中国那边惊雷般出现的黎明。

你穿着黄色的裙子,你戴着绿色的帽子,

你的名字叫苏比约拉,就和那个廷布的王后一样,

我第一次抽你递给的烟,

跪拜泥塑的偶像脚,

泥塑的偶像,他们叫佛,

你抚摸着佛像,而我亲吻着你,

啊,曼德勒之路。

事实上吉卜林从未造访过曼德勒,他只是在毛淡棉有过短暂的停留,然后凭借想象写下了这首诗。这不妨碍它成为西方人想象缅甸最广为人知的通路之一。奥威尔对吉卜林的评价则更加私人化,他称吉卜林为"优秀的烂诗人",他认为吉卜林那些被广泛吟诵的诗句并不算是真正的诗歌,而只是漂亮烂俗的句子罢了。在缅甸踏踏实实地做了五年帝国警察的奥威尔,对于这个国家有着远超吉卜林这样的过路客的浪漫幻想的洞察。在毛淡棉,他写下了两篇传世散文,《猎象记》和《绞刑》。它们都来自他在缅甸做警察的

经历，无一例外充满着自省、自嘲与厌恶的矛盾心理。结束了警察工作后，这位名叫埃里克·布莱尔的年轻人回到英国，用乔治·奥威尔这个笔名开始写作他的第一本小说，《缅甸岁月》。

如今，在毛淡棉已经看不见大象的存在了。但是，乘电梯到达杰昙兰佛塔上，你可以俯瞰不远处规整散射状的监狱，可以看见里面的人在活动着，晒太阳、休憩、做运动，看上去和外面的人没什么不同。经过几年的转型和开放，缅甸已经从闭关锁国的状态中逐渐走出，越来越多的游客来到这座一度极为神秘的国家一探究竟。古巴、缅甸、中国、朝鲜，原先的四大神秘国度如今只剩一个。在曼德勒、蒲甘、仰光，你能看到大量的游客，但在这里，毛淡棉，游客的影子稀疏。即便如此，我们的司机仍然掏出了一本小小的手册，那上面列举了一系列值得造访的景点——这里的人们对他们国家的经济价值在短短几年内形成了清晰的共同认识，那就是想方设法让陌生的观光客们为他们的好奇心付钱。

我们按照图册的指引造访了几家殖民时期留下的英式教堂，试着寻找奥威尔的影子。炎热的午后，教堂里人迹罕至。在其中一座教堂，突然间，成群结队穿着纱笼的女孩儿从教堂后面神奇地鱼贯而出，脸上抹着檀娜卡（一种树皮制作的黄色粉末，缅甸的妇女们用它来防晒），手里拿着书本，她们对我们感到惊奇，既害羞又大胆地朝我们打量。我们这才知道原来教堂后面是一座函授大学。C抓紧时机去找机位为这些新鲜的女孩拍照。我走到后面的学校,向一位老师打听:"您知道乔治·奥威尔吗?"

"什么?你再说一遍?"

"乔治·奥威尔,一位英国作家,他写过《缅甸岁月》和《1984》。"

"哦——"他终于好像想起来了什么,"我建议你去问问教堂的人,他们对这些应该更清楚。"

这是我在缅甸遇到的普遍情况。普通人似乎并不知道这位曾经因他们的国度而信念扭转,又反过来预言了他们国家的命运的作家。在《在缅甸寻找乔治·奥威尔》的开头,一位缅甸老人在反复确认艾玛·拉金口中的那个名字后,恍然大悟:"哦,你说的是先知!"而我第一次真正遇见乔治·奥威尔,是在蒲甘阿南达寺前的书摊上,《1984》《缅甸岁月》《动物庄园》……奥威尔的各式作品,与昂山素季的《缅甸来函》、奈温将军的传记、缅甸神话故事集,以及艾玛·拉金的两本以缅甸为主题的书放在一起,被热情的小贩兜售给游客们,作为一种旅游纪念品,或是了解他们国家的一种方式。只不过它们都是盗版的。

"我不担心盗版的事情。对我来说,我只是从缅甸的百姓口中'借'走了那些故事,收集、记录,然后告知全世界。

所以缅甸的百姓如果想反过来用我的书获得一些利益，我觉得这没问题。"艾玛·拉金说，"我知道这本书有缅语版本发行——当然，也没有得到我或者我的出版公司的准许，但我觉得这不重要，真正重要的是让更多的人，不管是出于商务还是旅游的目的，和这个国家有接触和互动，知道这里曾经发生过什么。"

我们从毛淡棉坐六个小时的夜车回到仰光。在缅甸，长途汽车已经成为主要的城际交通工具。火车极少且破旧缓慢。和仰光相比，缅甸的任何别的城市都离城市这个名称相距甚远。这个曾经的首都依然显示着它不容置疑的地位，而那座真正的首都，内比都，则是一座在极短时间内生造出来的城市。仰光有便利店、商场、电影院，甚至有优步。电影院的票价极低，根据位置不同，价格有些许差异。我看了一场3D版《黑豹》，只要3000缅币，约合人民币15块。电影正式开场前，会出现满银幕的国旗，奏国歌，人们就齐刷刷地站起来，行注目礼。电影没有缅语字幕，等到灯开了，我才发现一半观众都是外国人。这似乎显示出仰光的平民阶层和精英阶层的断裂之处，那么，弥合这种断裂的地方究竟在哪儿呢？

佛塔。

仰光市的中心区域——亦是它最热闹繁华之处，乃中国城。夜幕降临，华灯初上，天空中成排的红灯笼将街道照亮，道路两旁是贩售百货和吃食的小贩，从下午开始，各式水果、蔬菜、小吃、冷饮的摊子便摆开了，当然还有十米一个的槟榔摊子。槟榔是这个国家最有特色的一部分文化，你常常能看见十分年轻的小伙子，牙齿已是漆黑一片，嘴唇泛砖红色，嚼着槟榔，然后朝地上吐出一口砖红色的口水。槟榔摊子通常还卖烟，除整包外，会拆开散卖，300缅币三支，方便那些拮据又烟瘾上头的平民。中国城的起始点，便是赫赫有名的苏雷塔，整个城市以这座佛塔为核心四散开去，市政大厅就在它的旁边，另一边则是一片广场，晚上在这里，大银幕上投影电影，人们就密密麻麻地坐在广场上看。与仰光另一座更加有名的瑞光大金塔相比，这座佛塔显得离百姓的生活更近，是他们日常的一部分。瑞光大金塔则有些过于宏伟了，这座高达300多英尺的建筑，是全亚洲最古老的宗教建筑之一。它之于缅甸，类似于圣彼得大教堂之于罗马。从某种意义上来说，瑞光大金塔是属于缅甸的，属于亚洲的，属于世界的。但苏雷塔，只属于仰光。

　　想必奥威尔是不常去仰光的。在他结束曼德勒为期一年的警察训练学校的生活后，便被分配往下缅甸的三角洲地区正式开始警察工作。先是在渺弥亚担任了四个月的英国警司的助理，然后被派往端迪——一个离仰光车程两小时的小镇，再之后，他终于被派驻到了仰光，可也只是在离仰光一小时车程的沙廉和仰光的郊区永盛执行工作。永盛最有名的，是那座关押着上千政治犯的监狱,许多囚犯正是 1988 年"袈裟革命"中的学生、作家、医生、教师、僧侣和尼姑,以及全国民主联盟成员。监狱呈环形散射,俯瞰极为壮观,令人联想到边沁的"圆形监狱"理论[1]。《1984》中,温斯顿最终被关押入内的监狱,极有可能就是以永盛监狱为原型。我们驱车前往,意料之内地在大门处被拦住了,C 的金发碧眼显然让对方感到不安。"你们想要干吗?""我们是游客,想进去参观一下。""这里不允许参观。""可是那些人不都进去了吗?"我指了指不停骑车入内的看似极为普通的当地人,他们自由出入,仿佛这里只是一个普通的院子。"他们是犯人的亲属,来探监的。"对方说。我撇撇嘴,不大相信他这个说法。与 C 及他的女友在缅甸各处行走确实会有一些不便,如果是我一人,还可以佯装本地人不动声色地溜进去。这监狱外表看来实在不怎么森严。监狱外是各种摊贩小商铺,十分热闹,完全看不出一个国家的大型司法机构就藏身于这样一个闹市中。

奥威尔在《缅甸岁月》中写:"啊,去仰光的时候多高兴啊! 冲到斯玛特和木克多书店去买从英国运来的新小说,在安德森餐厅吃晚饭,那里的牛排和黄油都是冷冻着从八千英里外运来的,还有酣畅淋漓的豪饮! 他那时太年轻,还不能

---

[1] 圆形监狱(Panopticon),又称环形监狱,由英国哲学家杰里米·边沁(Jeremy Bentham)于 1785 年提出。将监狱设计成圆形使得一个监视者可以监视所有犯人。

意识到这样的生活将带他走向何处。他看不到未来的那些年头是多么孤独、无聊、萎靡。"后人在分析《缅甸岁月》时，通常认为小说男主人公——一位驻缅英国木材商，正是奥威尔在当时的自身写照。对缅甸"贱民"怀有同情而遭到同阶级殖民者的排挤，又因懦弱而没有坚定站在弱者那方，在中间摇摆不定，最终因所爱之人的抛弃选择自杀。那是一个非常矛盾和可怜的主人公，如同进入监狱后因恐惧而最终出卖灵魂屈服于"老大哥"的温斯顿。

斯玛特和木克多书店如今已经不在了，安德森餐厅也早已关门。但你仍然可以在斯特兰德酒店享受到这座城市最光鲜体面的部分。这座历史悠久的酒店位于仰光河河畔，在军政府统治时期，它还是一家由政府运营的年久失修的旅馆，后来被一家国际连锁酒店翻修，变成了五星级酒店。我们试图进去转转，拍几张照片，被警惕的门房拦住了。"你们必须在这里用餐才准许进入。"接着，从门口停下的高级轿车里走出了一家打扮入时的人，门房立即迎了上去。这是我唯一一次没有因游客的身份而享受到五星级的"服务"。

可能是我们的脚底板太黑了。

这片区域同样留下了不少殖民时期的建筑——类似于上海的外滩，市府建筑、各国使馆、银行等高级行政单位和商业机构。但走到对岸，沿着河岸线，许许多多的摊铺也集中在这一带，摊铺上卖的除了廉价衣物、五金用品外，主要是各式二手旧货，各种各样的旧手机、旧手表、数据线、电池，就像是一个庞大的"鬼市"。在拥挤的摊铺之间，几乎见不到一个女性。

走到那些殖民建筑的背后，你又立刻进入了寻常居民的生活。从这个角度你才能看见那些殖民时期的建筑大多年久失修，长满青苔，夕阳下看倒是美丽极了。落叶满地，路的中央很少有汽车穿行，于是，青少年们将此地改造为一个简陋的足球场——在缅甸，这是常能见到的景象，少年们赤足在马路上进行足球比赛。奥威尔在《猎象记》的一开头写道："在下缅甸的毛淡棉时，我遭到许多人憎恨……他们只要觉得安全，就会对我进行嘲弄。我在足球场上被某个敏捷的缅甸人绊倒，而同是缅甸人的裁判却视而不见，这时人们就会可憎地大笑起来。"

"你喜欢哪支球队？"

"曼联。"

"天！你怎么会喜欢曼联，曼联烂透了！"

C和其中一个替补球员在石墩围起的场外聊天。我和他的女友站在不远处，忽然听到几声口哨，抬头看才发现口哨声来自一栋居民楼某层的阳台，一位缅甸男青年正和我们招手。我们没有理会继续聊天，过了十秒钟，这位男青年出现在我们面前："Hi，两位女士，你们需要什么帮助吗？""不需要。"我说。

"军政府，不好，昂山素季，好。"

我们的司机苏温海用简单但强烈的英语跟我表达他对缅甸这些年来发生的变化的看法。他在仰光大学学习缅甸语，学费全免。但毕业后仍旧只能以开出租车为生。当然，这对一个缅甸人来说已算体面，也能有不错的收入。他像我在缅甸遇到的其他人一样，对于获得赚钱的机会非常热切，对我们殷勤。他和我一样大，已婚，有一个八个月大的儿子。手机屏保是儿子的照片。不嚼槟榔，因此牙齿健康。抽烟，于是我得以不时找他借烟。

我们从仰光驱车去沙廉，车程约两个小时。1925年，奥威尔在这个和仰光隔河相望的地方度过了九个月，当时，这里被视为缅甸运转最为良好的区域，是大英帝国第二大石油生产地。如今，这里最有名的是一座建造在河水中央的佛塔，叫作浮塔，香火极旺，有带着背包和钱包而来的人，站在佛祖面前，展示内里空空如也的背包和钱包，同时用手做不断向内扇风的手势，示意佛祖保佑他财源广进。通俗直接。

距离河边不远处，是一片大型市场，由各式各样的铺子组成，走进去仿佛进入一座迷宫，通道狭窄，仅容一人通过，光线幽微地从外面透入。有卖烟叶、槟榔叶、槟榔果的，水果蔬菜的，竹子编的各式器物的，还有打金铺、裁缝铺，甚至是打家具的，乍看上去琳琅满目，叫人转不过弯来。苏温海给了我一支本地的香烟，用某种树叶卷制而成，长、粗，一头大一头小，呈锥状，没有过滤嘴，极为便宜，劲儿大，抽这种最土的土烟的人往往是那些上了年纪的缅甸男人。奥威尔在小说里这样描述过这种典型的缅甸市场："销售的货物看起来都像是外国运来的，样子古怪、质量拙劣。挂在绳子上的像绿色的月亮一样的巨大柚子、红香蕉、成筐成筐的个头能赶得上龙虾的淡紫色对虾、成捆成捆的脆鱼干、红辣椒、剖开像火腿那样熏制好的鸭子、绿椰子、独角仙的幼虫、甘蔗段、短刀、喷了漆的凉鞋、印着格子图案的丝质笼基、大得像肥皂块一样的壮阳药、上了釉的四英尺高的土陶罐、中式糖蒜、绿色和白色的雪茄、紫色的茄子、柿子的种子穿成的项链、柳条笼子里叽叽喳喳的鸡、黄铜佛像、心形的槟榔叶、瓶装的克鲁什盐、假发、红黏土做的锅、牛蹄铁、纸板做成的牵线木偶、成条形的功效神奇的鳄鱼皮。"[1]诚不我欺。

我们在附近找了个茶室休息吃饭。茶室是缅甸最常见的一种平民饮食形式，一间敞开式的棚户，里面整齐摆开低矮的桌子板凳，每张桌上有茶水茶碗，早上经营早点，中午经营各类炒菜盖饭，除此之外的时间，又充作休憩喝茶吃点心的地方，天黑打烊。价格都极为便宜。缅甸奶茶是每间茶室都有的特色，热茶混合着浓郁的炼乳，对外地人来说稍嫌过

---

[1] 节选自乔治·奥威尔《缅甸岁月》，郝爽、张旸译。

甜。桌上往往在客人坐下前就提前摆上点心，包子、春卷、三角炸饺、炸饼、焦糖蛋糕，坐下后不吃亦不打紧。

从沙廉回到仰光后，我们原是要雇佣苏温海第二天继续去端迪——另一处奥威尔工作过的小镇，结果在仰光遇到了另一位司机，这才得知我们被苏温海狠狠敲诈了几天——他开出的包车价格只有苏温海的三分之一。C很生气，因为他管支出。我们的编辑是个老好人，不好意思再三跟他强调预算紧张，叫我唱白脸。我只好像个监工一般监督他的各类支出选择，这样一来，他有点丢面子，立即决定辞掉苏温海，改用这个司机。我不好意思地给苏温海发信息，他立刻炸了，先是疯狂给我打电话，确定自己没戏之后，又熟练运用了Messenger上的emoji，连发十几个鼓掌表情。先前的借烟之交毁于一旦。我说，我可以从你的emoji里感受到你的愤怒，但是你已经从我们这里赚到足够多的钱了，不是吗？他不再回复。

当我认为缅甸已经像其他东南亚旅游国家一样，习惯于吞吐各式陌生的面孔，在端迪的经历却让我结结实实地受到了一次人类学式的逆向围观。这里盛产陶罐，奥威尔在小说《缅甸岁月》中描写过那些顶着陶罐走路的缅甸妇女，这让小说中从英国来此度假的年轻白人女性伊丽莎白感觉极不舒服。他没有在小说或是随笔中提到，这里如今有一座非常有名的佛塔，佛塔内盘踞着许多条蛇，它们都是活的，遍布佛塔四处，人们并不害怕它们，出入者络绎不绝，朝被蛇缠绕的佛祖跪拜。蛇也不攻击人类，懒洋洋地待着。这是我一生中见过最为惊异也是最为恐怖的画面之一。不久前我去亚马孙，在那里，我在向导的带领下在雨林里找了半天，才找到一条远远地盘在树上的蛇。我将此视为克服人生最后一件所惧之物的挑战。而在这里，几十条碗口粗的蛇就待在你的面前，和你相处在一个不足二十平方米的空间内。人们不害怕的样子让我不由得不怕。我站在门前不敢走进，令 C 和他的女友耻笑不已。当我问这些蛇从何而来时，一名导游说："它们是听从了国王的召唤来的，是为了守护佛祖而自愿待在这儿的。"我忍住了继续探听具体细节的好奇，因为我看出他是打心眼里相信这个说法。如此一来，盛产陶罐也就顺理成章了。

端迪也傍河而居，我们坐独木舟逆流而上，被一座岸边的佛塔吸引而上岸，却不想原来这是一个村庄。这天是满月，缅甸人将此视为一个盛大节日，从早上开始就准备庆典，人们聚集在村头，做饭、制作庆典的用品、聊天，见到我们他们惊异极了，全部围了上来，有妇人极为热情地拉我们进屋吃饭。毫无疑问，对一个贫穷的国度来说，我在屋内见到的一桌规整的饭菜可说丰美盛大。他们对于外来者仍然抱着非常原始的旁观式的热情和激动，这让我仿佛回到了奥威尔在此生活的年代。C 举起相机，所有人立即行动一致地齐刷刷在空地上站成一排，C拍下这张集体照，如果使用银盐胶片，它看上去会和一百年前没什么不同。

"我不相信一个被集权主义统治了差不多五十年的国家，可以在短短几年时间内被'净化'，它需要更多的时间，数十年，乃至几代。你要知道那里的许多人，从来没有过集权统治之外的经验。"艾玛·拉金说。这让我想到奥威尔在《1984》中的一句话：群众之所以享有思想自由，是因为他们根本没有思想。十年前我还在上大学时，读这本书的体验非常不好。十年后我逐一重读奥威尔的作品，我没有办法评价它们好或者不好了，我略略懂得了奥威尔是那种"以身试法"型的写作者，他做的事情不仅仅是写作而已。我和C、他的女友，拖着疲惫肿胀的躯体回到仰光睡了一觉，然后分别。"下一次任务再见。"他说。缅甸之行对他来说可能只是一次寻常的工作之旅，大部分时间平淡，少部分时间他觉得这里的人"疯了"。但是在此期间，我感受复杂，如果把这个国家简短地概括为一个造访之地，我对它没有任何留恋，甚至巴不得赶紧逃离，这里没有什么是真正吸引我的。可是，我会为它而写作一本书吗？不，是三本。人们认为奥威尔不只写了一本有关缅甸的书，而是三本。《缅甸岁月》《1984》和《动物庄园》。"这关我什么事？"这样想太容易了。人们很难真正关心那些没有或者还没有影响到自己生活的东西。就像踏入这片土壤的起初我对这些非我族类者的恼火："他们为什么一点儿骨气都没有？"用一套来自仿佛更文明体系的价值观评价他人，并由此产生情绪，这太容易了。全世界各个价值体系的人来到这里，体验，留下一些或糟糕或惊奇的观感，再离去。仿佛造访一间精神病院，然后回到他们"用努力和智慧获得与之匹配的回报"的公正的世界中。尽管这样公正的世界或许只是某种想象的共同体，这不妨碍人们觉得那个世界更文明，也更好。"我为什么要对一些根本不值得我同情的对象产生同情？"你不能因为我这样想就将此视为一种冷漠，因为这是一个"理性"的人应当具有的智慧。是的，应该这样，应该那样。但是我知道，有位名叫埃里克·布莱尔的年轻人，在离开这里之后，修改了他的名字。

2018/3/22，北京

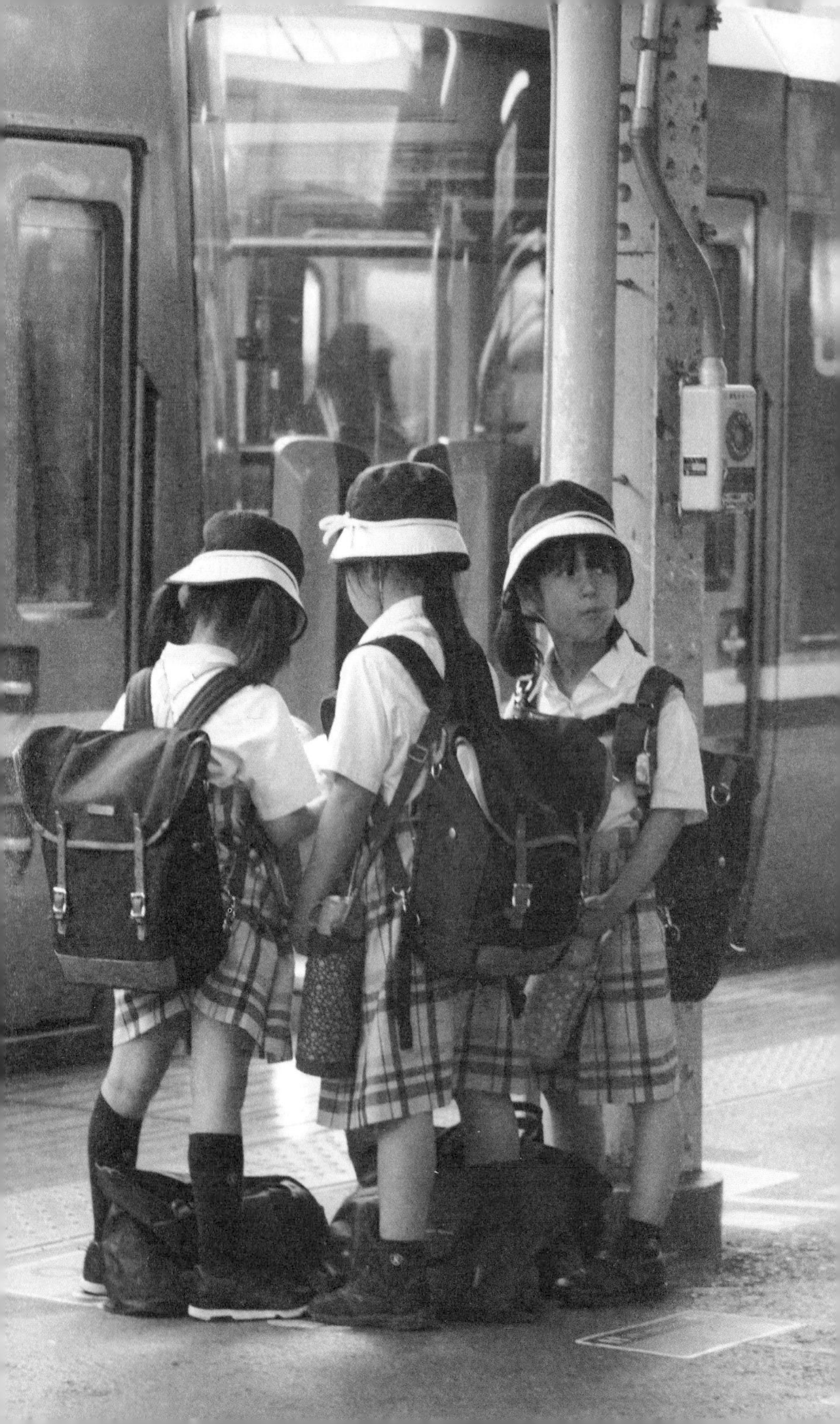

日本
Japan

在同伴的召唤下,我从东大的时间相对论中走出去,匆匆坐上地铁,再次以正常的速度开始存在。

第五日

"冈本先生？"

我拖着箱子停在乌漆漆的亮着红灯的人行道中央，难以置信地看着——准确地说，在我意识到对面走过来的男人，是我们几天前在东京歌舞伎町结识的那位无料案内人，也就是俗称的皮条客的时候，冈本先生已经慢悠悠地从我身边走过去。而我愣在原地，难以相信命运。

"什么？"

F不明就里，也拖着箱子停下来。换作是在前一天，或者哪怕数小时前，他都不会像我这样莽撞：随意停驻在马路中央？！如果我们还在东京，整个交通会因为我们的停驻而瘫痪。

但这是京都。

我和F刚从一节开往大阪的新干线上下来，从车站走出。我还没来得及好好打量这个城市。从车站出来的这短短几分钟，我产生了一种错觉，仿佛置身于《模拟城市》里的小镇。不如说它就是一个小镇。从巨大虚无繁华林立的东京穿越而来的我们,像穿入了另一个时空,眼前就是这样的万籁俱寂。

而我竟然在这座新的城市立刻遇到了一个数天前在另一座城市打过交道的人。这实在是太诡异了。即便已经无数次经历这样奇诡的巧合,每一次仍会是同样的震惊。

我知道此刻我应该做什么。

我来不及向F解释,而是扔下箱子,拔腿冲向越走越远的冈本和——

他身旁还走着一个姑娘。

"冈本桑!"

他看上去吓了一跳。他从租住在新宿三丁目、每天下午骑电车去歌舞伎町工作、白色洋服锃亮皮鞋发型纹丝不乱的那个冈本桑里出了魂,进入了休闲服黑框眼镜、住在鸭川边、晚上拖着长裙姑娘的手轧马路的冈本桑。而他显然不希望任何一个陌生人在这时呼唤他的名字。因为那人很可能来自东京,认识努力隐藏关西腔的那位冈本桑。

不巧我就是这么不识相。

"你是?"

"我们前几天刚刚见过。"

"哦——"

F走过来:"什么情况?"他还没反应过来怎么回事。我一把抓住冈本桑的胳膊,好像他是陈列在货架上的什么商品,"他,冈本先生!"

"谁？"F显然早已把这个人忘得一干二净。

"我们在歌舞伎町的时候……"

"哦！"冈本桑突然醒悟过来，这一次应该是真的，"我记得你。"他看着F。

"哈？"

这段混乱、兴奋、各怀鬼胎的相认场面之后，我们便往城中心走去，路过了二条城，在快要到达鸭川之前的小路上，终于找到一家小酒馆坐下来。

"为什么只剩下了你们两个？"

我没有底气回答这个问题，这类问题让我心虚：你为什么总有那么多时间？为什么你可以在外面游荡几个月之久？你怎么有那么多的假期？为什么最后只剩下了你？它们仿佛都指向同一个问题：你到底有没有工作啊？

有的，有的。尽管看上去我太像一个不务正业的街溜子。假使我反问，为什么大家总那么忙，看上去就像是在问"何不食肉糜"。

我能给出比较像那么回事的解释是，我把自己从对一些东西的欲望中强行释放了出来，投入了对另一些东西的欲望中去。但这说出来就更显虚伪。

好在此刻F还没有走。在其他几位伙伴陆续离开之后，就只剩下了F和我。我们将继续剩下五天的旅程。我费劲地把我们这群朋友是如何从不同的地方汇聚到了东京，又是如何各自回到原来的地方的整个过程讲给了冈本桑。

"哇哦，真厉害。"他说，就是日剧里的那种语气。

"不如说说你吧。"我将冈本桑的酒杯满上，他的女伴递杯子过来。"你们是情侣？"

两人对视一眼笑了。

"这是我妻子。"

"这样啊。那你也在东京？"我问他妻子。

"不，我住在这里。"她说。

"我们快有一个孩子了。"冈本桑腼腆地笑了一下，那模样和我们第一次见到他时判若两人。

"哦——，那么，你每个周末回家？"

"最近回得比较少，"冈本桑看着我们，"现在是三月了，马上樱花就要开了。"他顿了顿，"那时日本会人满为患。"

"那我得说，我们的相遇就更巧了。"

"对，真是太巧了。"

我们四人一起碰了杯，这之后，一时有些无话。

"为什么会做这行？"我忍住了这句话没有问。

"其实我小时候想做漫画家。"冈本桑仿佛猜中了我在想什么，主动打破了沉默。

"真的假的！"我吃了一惊。

"假的。"他说。

"欸？"

"其实我以前是打棒球的。"

"真的假的？"这回轮到F吃惊了。

"你看。"冈本桑把袖子卷起，露出一只白白嫩嫩的胳膊，"肌肉，看到没？"

"没。"我和F同时摇头。

冈本桑做了个夸张的失望表情。他可能并不想泄露太多自己的真实生活，可他也太不擅长说笑话了。

"不如说说你和你妻子是怎么认识的吧？"我说。

"我们是在东京认识的。"他说。

"欸？"我看了F一眼，然而看他的表情，应该完全没有和我想到同一件事上，"莫非？"

"不不不，她是正常的白领。在一家出版社工作。"冈本桑果然敏锐地捕捉到我在莫非什么。

"日本的出版业很厉害。"F恭维道。

"一般厉害。"冈本桑替他妻子谦虚。

"相当厉害。"F继续恭维。

这对话变得车轱辘起来，所以很快又陷入了沉默。

"所以你们是怎么认识的？"我再次打破砂锅问到底。

他俩对视了一眼，又笑了。

"当时我们出版社想出版一本风俗业的书。"他妻子说。

"哇，"我感叹道，"所以日本的出版业确实是很厉害。"

"一般厉害。"

打住——

我们喝完了两壶酒,然后起身告别。冈本桑付了账:"那天赚了你们很多钱,实在不好意思。"

我没告诉他和我们第二天去的银座比起来,歌舞伎町其实还算厚道。

于是我和F重新拖着箱子站在了京都夜晚十字街头的路口,重新定位,然后搜寻去住处的路径。和刚刚相比,天色反倒显得亮了一些。我知道这只是因为我们适应了夜晚。

第二日

我和F从新宿的住处走出来,走路到十分钟步行距离开外的车站接Y。时间已经比较晚了,路上没什么人,现在是三月的开头,东京的天气依然处在很冷和一般冷之间,外出需要大衣、围巾,最好有一副手套,尽管你常能看见光腿穿裙子的女人在池袋的街头满不在乎地走。

Y从深圳飞来。这是我们约好的贯穿一生的行程的第二站。定下这个约定是我们在遭遇疫病的台南的深夜,骑车在空无一人的城市探险。我们骑过了一片波光粼粼的陆地,遇到了一个传销骗局,吃了一份炒鳝,还因为骑得不够快而失去了同两个夜骑男孩搭讪的机会。那时我们年轻而兴奋。我朝她大喊："下一站我们去哪儿？"

"日本！"她说。

就这样我们来到了东京。行程一延再延，最后定在了三月，她挤出少有的双休日，再加上请假，机票几乎是当天才定好。与此同时，她带来了一个令人惊疑不定的新闻：她的老板L决定和她一起来，会比她晚一天到达。这多少让我们中的几位年轻人惶惑了。对来自台湾的W和S，以及刚在英国念完神学毕业一年多的F来说，或许他们思虑的是该如何与一位叔叔相处，我憋在心里没说的是："欢迎见识中国主流上市企业家风采。"相信在场只有Y和我明白这究竟意味着什么。我倒并不排斥L的到来。和任何未必令人愉快或合拍的人相处，都是一位小说家的职责。更何况L会成为我们的金主，请大家吃喝玩乐！而我们所要做的只是——

Y提前和我们打好了招呼。L只有一项爱好，考察各地风俗产业。意料之外，情理之中。虽然实操层面有些棘手，但我岂非可以借此拓展自己的认知边界？我带头鼓掌，没问题，包在咱身上了。

此时，我和F坐在冰冷的车站椅子上，恭候Y的大驾，很少有人从眼前走过。

这一天我们几乎把时间全花在了秋叶原。出地铁的时候通道里四处贴着痴汉预警。"为什么这里要贴这么多防痴汉的警告？""因为这里是秋叶原啊。"

盗撮に注意
Watch out for upskirting!

ミニスカートの方は楠方に注意！
不審な者を見かけたら110番！

警視庁万世橋警察署
首都圏新都市鉄道株式会社
つくばエクスプレス秋葉原駅

痴漢・盗撮
検挙対策実施中
見かけたらすぐに通報を

警視庁万世橋警察署

由于前一天通宵喝酒,早上八点才睡。当我们四个挣扎着从榻榻米上爬起的时候,已经到了午时,再当我们一一洗漱毕出门,已经是下午。S的身体问题使得他必须缓步行走,在台湾的时候,出租车就是他的腿,但东京的士费用昂贵惊人,S只能改乘地铁。老实讲,他愿意陪我们走到地铁站,我已经吃惊不已。秋叶原的魅力对宅男来说实在了不起。F在游戏行业做策划,W还在念研究生,都是标准宅男。S的宅向则奇诡地偏向了一切萌物,他上学时便开始通过打游戏赚学费,现在继承了家里的彩票行,打一份家族工。和他们相比,我自称的宅多少有点儿侮辱人的意思。我只好任凭自己被带到随便一个手办店或是中古游戏店,瞅着大堆大堆不认识的手办和游戏盘干瞪眼。

　　我们从秋叶原的地铁站出来,所有人开始激动地乱叫,皆因眼前的一切和他们最近玩过的游戏里的场景重叠了:不光是日作游戏喜欢在原画里借用真实场景,日本动画、电影、电视剧,也往往照搬现实场景。即便只是几帧,在大脑皮质没有留下什么踪迹,此时亦立刻在海马体中得到提取:"这里是《如龙》的开场画面!"接下来的数小时我像被动接受信息碎片的黑匣子一般,被四面八方涌来的旧识新知灌肠般洗脑,无法分辨自己对浦泽直树、富坚义博或是荒木飞吕彦到底是有过真心,还是此时汇聚起了假爱。我确实记得自己花了几个昼夜看完了《怪物》《全职猎人》,和无数次努力才在

《JoJo 的奇妙冒险》里体会到的西部电影的魔幻现实，那是荒木飞吕彦如人类学家一般穿行于印度和埃及的土地的成果。

是这样，走在秋叶原的街头，路过一个个站在女仆咖啡屋门头迎客的可爱女孩，戴着口罩、裹着褐色大衣穿行于狭窄的街巷的可疑大叔，还有不远处逐渐落下的夕阳，我感知到的并不是《黑客帝国》里关于真实信息世界的真理般冰冷的视像，而是向人类最无用志趣致敬的、不乏严肃然而还是温暖的幻觉世界。

目睹这些已然不算年轻的男孩趴在中古游戏店，为"东方 Project"下跪，退化至小学生的状态，因隐秘的乐趣发出短促的尖叫，我感到自己是如此平静：我再也不会因为任何一部珍稀书本的意外收获而闪现奇异的光彩了；我再也不会在电影院被一部未曾期待的电影击中而流下感动的眼泪了；我也不会深夜在使馆区的路上跑步时，突然记起逝去的朋友而哽咽了。生活让我变成了一个无趣的成年人，唯余一些力气向大海呼唤。

第七日

在夜幕下寻找大阪的住处是新经验。每一栋未知的新房屋都像一个簇新的世界等待被检验，被打开。新干线只用十五分钟就能将我们从京都带往一个新城市,惹人发笑的大阪腔并不存在于没有日语经验的我的耳蜗中,夜色中的心斋桥和东京的浅草有着相似的天顶和步行通道,唯有搭乘电梯从靠左站立变为靠右站立提示我这里是关西。这一行我换了好几个住处,每一次在不曾露面的房主那里通过邮件注明的提示,一步步找到藏匿于种种机关下的钥匙,让人觉得自己是工藤新一,带领少年侦探团寻找城市里的秘宝。拿到钥匙打开房屋门的那一刻则像住在移动城堡里的哈尔,每一次拧开大门都将是一个全新的位面。由内而外的探索和由外向内的探索带来同样的新奇感。在大阪,我们在爱彼迎(Airbnb)上预订的是那种日本最常见的公寓房,从走廊看去,每个套间似乎都一模一样,回环往复,住在这里的人看上去也都长着一样的脸。

这一天早些时候,我们放弃了去奈良的打算,准备把京都好好看看。哲学之路上有很好吃的抹茶冰激凌。同伴一路讲述有关哲学和神学的知识路径,我半句也没记住,只是装作在听的样子,大脑空空的走神时刻,我感到怡然自得。在每一处景点,我后知后觉地发出感叹:"原来这就是伏见稻荷大社!""原来这就是千本鸟居!""原来我们在京都!"

哪怕作为游客我也太不称职了。

我想起在东海大学不期而遇的贝聿铭的教堂,事后查询才恍然大悟。如果说突然出现的一个个似曾相识的画面是一种过于偷懒的不期而遇，错过的安藤忠雄的光之教堂和龙安寺的枯山水就是另一种过于偷懒的未能抵达。不过，在离开了信息量溢出的东京之后，这种对于旅途细节控制的放弃，不能不让我感到一阵轻松。这昭示出有关现代人旅行的一种解释：它是在特殊环境下一种对于日常生活的高度凝练的控制。要求每一分钟、每一动作都在新的环境中被新的内容替换而产生新的意义，在大部分的情况下，这种新意义主要由新经验塑造，这种新经验并不跳脱出既有的认知，因此很难称得上是一种冒险，它需要克服的艰难越小，就越和享乐主义挂钩，是一种有权阶级的消费方式——我们或许已经揭开了这个公式的最简表达式：旅行就是人们花钱购买新经验。注意，是现代人的旅行。我们距离大航海时代或仅仅就是列维·施特劳斯的冒险时代太久了。即便是施特劳斯，也在《忧郁的热带》里自嘲了作为当时的现代人，对探险时代的逝去，对买一张船票就可以抵达另一处文明的哀叹：世界上已经不再有什么真正未曾被文明污染的原始部落了，未知不过是人类学家的一厢情愿。

在《忧郁的热带》中，探险家们带着自认为崭新的经验回来，站在礼堂的演讲台上和人们分享这些经验，展示银盐片上的摄影，凭口舌获取人们的惊叹。发展到如今，是人们在社交网络实时分享自己"在别处"的状态，再往前一点的博客时代，是书面体的个人表达。在地理位置可以共享，借由一个小盒子就可以感知彼此命运的现在，固然不再有冒险，就连花钱购买的这种新经验是否可靠也难以确定：在北京，你可以吃到任何一个国家的菜系，正不正宗另说；通过谷歌地图的虚拟实境，你可以不出门就知道苏格兰某个小镇的全貌。如此，有闲阶级唯有通过强调"在场"来勉强留住新经验的独特性。"如人饮水，冷暖自知"，试图通过将体验神秘化，为旅行赋予躬亲实践的必要性。在措辞上，注意旅游和旅行的微妙区别。种种选择，为消费施加合法性。而这种合法性未必和花钱多少有关，更关乎如何花，花在了哪儿。这一来，旅行的意义就不仅止于当事人，更与他所缠绕的社会性有关。

因此，在重新塑造日常生活时，旅途里的每件小事就都变得重要起来，每一顿饭该怎么吃，吃什么；投入两百元硬币后，该摁下哪罐饮料前的按钮；进便利店不仅仅是进便利店，亦是对当地文化多样性的考察；坐地铁，购买车票，研究线路，比较票价，统统是一种新经验的获得，因此大意不得。一举一动无不在陌生和熟悉间挤榨新的信息，计入人生体验一种。对谨小慎微生活在方寸之地的现代人来说，在陌生国度购买一张地铁票已经不啻一场声势浩大的冒险。如能做出些超出日常生活的事情，就更是了不得的大事。

想到了这些之后，我开始心安理得地放弃体验生活。

第一日

"我在楼下了,你在哪儿?"

我躺在青旅的床上打开微信,看到这个名为"不快乐的年轻人"的微信群里出现了一条新讯息。这是浅草的早上六点,我在周身的疲惫和疼痛中困意难解,那是我独自在东京度过的五天和一场马拉松导致的名为孤独旅客的乳酸。只要还是一个人,我就仍不觉得自己是一个旅客,习惯隐身遁形,伪装"在这里就是在那里,在哪里都是在到处"。

然而朋友们终于还是来了,我将汇入他们,成为一个普通游客,对文化多样性的考察将变为名胜古迹之间的闲暇一瞥,对于这即将到来的结果,我既感到抗拒又满含期盼,这和你买好机票装点好行李等待出行的那一刻的心情几乎一样,新的冒险又将开始,而你还不确定是否做好准备。于是我翻了个身,假装没看到这条讯息,又睡了一觉。我相信楼下的新朋友会独个儿在雷门和浅草寺发现探索的乐趣,体会社交暂缓到来的轻松。

第一个到达的是F,Y介绍给我的新朋友,而Y本人将在两天后才会到达。这样的事她不是第一次做,上一次是在巴黎——每当我提及要去哪里,她便会迅速在脑中检索出一个符合地图上那个坐标点的名字,然后说:"那我介绍一个朋友给你吧!"你很难抗拒这种诱惑,因为她会花几句话就将那个陌生的名字雕塑成一个栩栩如生的大活人嵌入你的脑中，让你觉得不认识这位新朋友将会是一个重大损失。

当我再次醒来，匆忙洗漱，收拾行李，下楼到前台和这位新朋友会面，并谎称自己睡过了头时，长时间未曾和人相处的社会化麻痹让我一时无法振作起来。和陌生旅伴一起同游简直是现代人所能发明的最自我折磨的活动。为什么不能一个人好好享受无须开口说话的惬意呢。

这一切在抵达我帮大家预订的新宿附近的大公寓房时，得到暂时的缓解。放置好行李后，我们和房东简单见了面，然后由我——一位已经对东京较为熟稔的临时访客，带领新朋友搭乘山手线去了池袋，对这个《池袋西口公园》描述中帮派聚集的"著名站点"做了证明式的介绍：这里压根儿就没什么好看的。东京的地铁和轻轨系统或许是世界上最复杂的城市公共交通系统之一，由于分为公私运营，私营铁路又由多个公司独立运营，因此线路错综复杂，票价不一，地铁票无法通用。山手线是东京最著名的私营线路，它是一条途经新宿、池袋、涩谷、上野、品川等热门站点的环形线路，听上去简直就是一条最迅速了解东京的旅游铁路。虽然乍看复杂，但对酷爱探索地铁线和城市交通系统的人来说，一天便可弄清楚所有的线路。

下午的时候，W 和 S 也抵达东京。上次见到他们已经是半年前在台北，S 带给我两本他的新诗集——他是一位青年诗人，W也是一位写作者，我们是在一次两岸文学交流活动上认识的，之后我去台湾，获得了他们的热情接待。大家熟识后，我们决定出门去附近逛逛，顺便找点东西果腹。没想到这一走就到了歌舞伎町。在路过了无数家无料案内所，逐一研究完舞娘、人妖、AV女优等海报招贴画并与其合影后，S终于发出了灵魂的诘问："为什么第一天就要带我来这种地方？"他们一定没有想到在数日之后，我们会对日本风俗业进行更深入的探究。

夜色降临后，气温下降得越来越厉害。这是三月初的东京，我穿着大衣，戴着围巾，裹得严严实实，而他们这些生活在低纬度地区的人显然无从体会什么叫冬天，什么叫乍暖还寒，什么叫优衣库轻型羽绒服限时特优只售499。夜色中，我们在鳞次栉比的新宿行走，瑟瑟发抖，然后终于体会到东京的巨大魅力：那是在白天你无从感知的神秘魔幻，夜晚到来后，黑色天幕的背景赋予人工制造的摩天大楼和霓虹灯一种反宗教般的幻觉，现代性莫过于此。而东京恰是最能体现这一点的大都市。

在瑟瑟寒风中，我们穿越了长长的地下甬道，按图索骥，找寻都厅，完成我的提议，也是一个最普通的游人打卡点，都厅四十层，那里可以俯瞰东京全景，如果是白天天气好的时候，还可以看见富士山。由于寒冷和我们中极不方便行走的S，这短短的路途显得困难重重，我们在中途甚至进了一家书店，S孤独地宣布他必须坐在书店门口等待我们，因为那是唯一可以坐下的地方。当我们终于到达都厅，仪式般草草拍摄几张照片结束这一行程，每个人都感到松了一口气，于是我们决定打车回家。

重逢的第一日注定了要和酒精与彻夜长谈做伴。我们买了梅酒、威士忌、波本和米酒回屋，由于房间太多，一时无法决定要在哪间坐下。我们都知道一觉醒来谁也不会记得此时的胡言乱语，还是聊到了早上八点，然后毫无知觉地一个一个昏过去。

而我完全没想到此后每一天，都要看见凌晨五点的东京。

第四日

我在闹铃中醒来，对于前一夜被Y强拉着聊了一夜的天毫无印象，只记得谈了很久很久有关工作的具体细节问题。而这些问题归根结底都是要做一个什么样的人。当你和一个可以谈论这类问题的朋友谈论久了，就会产生你们以后一定会一起干点什么的错觉。尽管你们的目标此时看来完全不在一个方向上。我怀疑恰恰正是因为这样我们才能将这个讨论持续那么久。因为我们并不精确地知道对方面对的是什么问题。

睡了短暂的数个小时，迫使我必须起床的动力是必须在所有人醒来前洗澡。因为整个屋子只有一个浴室。而Y的老板L的存在让我不想面对让不让领导先洗的哲学困境。

事后查找手机里的相片，我发现有关这一天的记忆和照片都一无所有。我一个个询问他们，加上逻辑推理，才将这一天的原貌拼凑出来：很显然，那是因为我又在数日密集的和人相处中产生了焦躁感而先斩后奏地逃离了人群。

我能记起我们又一次来到了秋叶原，就在某栋电器百货商店闲逛时，我的广场综合征发作，告诉自己此时此刻必须离开这里。于是我拔腿往外逃，然后才通知其他人我打算去神保町那片转转，晚上在银座会合。神保町是我随口说的，等我逃离旅伴真正开始思考去哪儿的时候，才发现神保町确实是个好选择。

真实的神保町已经不是想象中那样的古旧市井了，即便如此，从地铁出来后找到后门走进岩波书店，也还是让我在熟悉的气味中安静下来。我又暂时地得以从游客的躯壳中离魂，找到一种不能大声喧哗的恋爱感。站在、蹲在、跪在书架之间浏览书目的我，仿佛被打回了原形，不再需要表演，变得异常轻松。

记忆中密集出没于书店的日子已经是四五年前了。那时在北京，三联、万圣、北大某超市地下的小书店、北师大对面的盛世情、国贸和三里屯的Page One是常去的地方。我在一家旧书店买了一幅木版画然后匆匆逃离了这里，以避免羞愧感席卷额头。

从神保町去东大也不远。曾经在东大上学后来回国的朋友让我去帮忙看一看新修的图书馆有没有建好，如果建好便发照片给他。夜晚东大的美丽和静谧只能存在于人的眼睛里，无法被 iPhone 的摄像头摄下，传递过去的只有一份情谊，和在校园闲逛时遇到喂猫妇人的驻足静默。

我更爱的是去东大的路上所走过的熙熙攘攘的小路街头，不同于新宿或池袋的密集高楼，仅仅是个人与个人之间、个人与路径之间的美学。这让人想起读过的那些街道、建筑、景观、城市规划的理论，有关《建筑的永恒之道》《美国大城市的死与生》《与古为新：方塔园规划》的零星记忆。那也都是四五年前的回忆了。它们不仅仅是理论和书籍的回忆，也是阅读时的气息、为何对那些书籍产生兴趣、当时的境况又是如何等生活面貌的混杂体。去东大的小路上，为驱散寒冷、借用厕所和为手机充电，我随意走进了一家咖啡馆。真高兴有这么多充分的理由让人可以走进一家咖啡馆点一杯咖啡。咖啡馆不大，充斥着氤氲的咖啡香味，有人在看书，有人在低声交谈。暖意很快涌了上来，让人动弹不得。

在同伴的召唤下，我从东大的时间相对论中走出去，匆匆坐上地铁，再次以正常的速度开始存在。在银座的某家餐厅和他们会合时，仿佛已经经历了一个巨大的时间循环，从东海回到人间，这里仍然是唐朝。这和《星际穿越》里安妮·海瑟薇和克里斯丁·贝尔从星球废墟回到飞船时,他们的同伴正拿着牙刷准备洗漱,望着他们呆呆地说"我以为你们不回来了"恰恰相反。时间在他们的同伴身上过去了五十年:他的头发已经花白。而我的同伴们好像什么都没有变,我却经历了神秘的时间。带着这份神秘,以及印证着我曾在不同地点存在的那幅版画,我和他们同席而坐。

如果说东京是一个独立于世界的存在的话,银座就是一个独立于东京的存在。当我匆匆寻找会合的餐厅时,一路穿过红灯和无数家会所,并没有多余的时间对这一片的风景驻足观赏,饶是如此,还是被街头穿着和服、梳妆精致、搀扶着相较之下稍逊一筹的男性的高级女侍左右了眼睛。在日本,你在大街上看到的人的外貌要比多数亚裔族群更具有观赏性,加上他们普遍对于自己的外表极其负责,就更提升了综合评分。在银座,目之所及的出入高级会所的服务业女性,许多有着明星级别的长相和身材,身上弥漫着一种既不过分热情又不难以接近的亲切。

和歌舞伎町不同,银座的风俗业更像是提供一个良好气氛和环境的社交场所,会所并不直接给出需求列表,明码标价显得太低级。会所只是默许着爱情、情欲、交易或几者掺杂的东西的发生。几乎全部会所都是仅供会员,且不接待外国人。

于是,在我们怀揣着兴奋之情连连碰壁之后,只找到了一家接待外国人及非会员的会所。是在地下。刚刚走入就被里面的人声鼎沸和身着兔女郎装和礼服裙不断出入的绝色美女震撼了。很快我们也被价格震撼了。一位客人半小时的费用是 50000 日元，不包括酒水。L 大手一挥，钱不是问题。我们高兴地转达给经理。结果，就在我们准备入席的时候，经理又突然告诉我们已经客满。我们只好悻悻走出去。L 话中有话地指出，被拒的缘由乃是我和 Y 两位女性的存在。实际上，剩下的其他人也给 L 拖了后腿。除 L 这位货真价实的老板，我们看上去都与这里太过格格不入了。

这一片街区几乎每栋楼的每一层都有好几家会所，在泱泱会所之间我们毫无头绪，只能挑看上去还行的进行鸟枪法测试，最终结论就是看上去不错的基本都是非公开会所，公开的看上去都不怎么样。

在失望中我们打车回了住所。躺在床上时，绝色女伶护送男客走出、坐进车里的画面依然停留在我的视网膜上，像是上世纪才有的上海滩的莺歌燕语，在这样的一帧帧画面中，我毫无知觉地阖上了双眼。

第九日

大阪在连绵的阴雨中，房东为我们提供了雨具，这是我们在大阪的最后一日,也是在日本的最后一日。到了这一天,我和F都已经没有任何计划。最终我们决定去万博世纪公园,瞻仰《二十世纪少年》。

我对大阪兴致寥寥,最深刻的认知来自服部平次,起初在讨论行程的时候,F就说可以去万博世纪公园,我在心里认定F所去之处必然和宅文化相关,便直接建议不如到时分头行动。其实我也并没有一个一定相左的行程规划,只是想到届时多半会社交恐惧爆发,死活也要一个人待着。直到真正到了大阪,才后知后觉发现F口中的万博世纪公园,正是《二十世纪少年》里的重要地点。

"看!太阳之塔!"

需要搭乘很久地铁才能到达万博世纪公园。1970年大阪世博会在此举办,如今的万博世纪公园和世界各地其他的世博会遗址一样,改建成了一座综合性公园,太阳之塔是万博世纪公园的灵魂建筑,也是当年世博会的标志,在浦泽直树最有名的漫画作品《二十世纪少年》中,占据着重要的位置。也许是受到漫画的影响,当这座造型古怪的建筑远远出现在眼前时,我和F都战栗起来。

"好恐怖。"

"真的很恐怖。"

我们带着兴奋之情交流这样的想法。

因为下雨,我们不得不轮流举着雨伞,供另一位拍下这一幕。天知道我还记得多少《二十世纪少年》的情节，然而深入骨髓的诡异之感并不因为情节的遗忘而减损。

等我们走到公园门口，才发现今天是周日。公园闭馆。

人生中总是充满了遗憾，冥冥中注定太阳之塔这样的幽灵无法被靠近。我迅速找到自我安慰的心灵鸡汤。

"这意味着还可以再来一次大阪。"F也找到了他的心灵鸡汤。

我知道有极大的可能我不会再来大阪了。太阳之塔很好很恐怖，万博世纪公园没有去很遗憾，也许等我回到北京，结束这次旅程，在随后不断的知识更新中，会发现更多大阪值得一去的理由，但我知道我不会再回来了。

我们只好转而选择在附近的大型一体化商场打发剩下的时间。

一旦进入这种地方，身在异国的陌生化间离效果会消失得一干二净。可以用以比较的只剩下数字。一座商场就是一个虫洞，用以联通每一个全球化城市千篇一律的消费主义空间。在外旅行时，我总是竭力避免走进任何一座商场——哪怕不在旅行，我也极力避免进入这种空间，保存一些生活的异质性。

我忆起一年前在巴黎旅行的时候，一切都很棒，包括第一天在埃菲尔铁塔下面遇到的不知是骗子还是杀人狂魔的热情男人，最后一天在地铁里遇见的极不熟练的小偷，和刚发生恐袭不久还残留在这座城市的紧张气息，直到我走进了老佛爷——我准备去 Pierre Hermé 买一盒马卡龙做伴手礼，去朋友家过圣诞。

上帝啊，那可是圣诞。

高二假期，我和家人去黄山旅游。我去过不止一次黄山，但真正意义上的黄山，只去过那一次。那次恰好是五一，密密麻麻的人群挤在山峰间狭长的步道上，像高速上堵死的车流，亦步亦趋地拱足前进，那是我记忆中最惨烈的一次出游，之后很久我都对旅游这件事提不起兴趣。

圣诞月期间的老佛爷方圆两条街区，和五一黄山的人潮不相上下。我被人流挡在外围，连老佛爷的橱窗都看不见。当你走进去，会发现更加荒诞。每个柜台前都是中国人。导购是中国人，掏钞票刷卡的也是中国人。在地理空间上这里隶属法国，在人类学空间上，这完全就是中国——这颇值得研究，一个特殊的后消费主义亚裔族群发展史，在全球呈断点分布。

我飞快地找到 Pierre Hermé 柜台，草草装了一盒马卡龙，迅速地完成交易，像躲避举着骨头和石器的野蛮人一般逃离了这里。

然而日本有其特殊性：消费主义图景就是它最极致的景色。新宿、原宿、涩谷、银座、代官山、自由之丘……这些地点所代表的正是本质相同、差异微妙的消费主义景观，这些肉眼可见的差异体现在具体的时尚风格、物品特色、街面形态等方面。在别处被全球化抹平了个性的百无聊赖的商业综合体，在这里却因足够极致而成了艺术。

事实上，你会发现，日本人可以把一切事物、行为、生活方式……变成艺术。他们会不计成本地投入超过这件事本身所需要的智慧和心血，最后不得不让人承认，这多出来的无法用经济学命名、无法被进化论解释的部分，只能被归于"艺术"。当你置身于这种艺术，并心甘情愿承认这是艺术时，你固有的价值观依然会被巨大的消费主义观念吞噬，然后奉上你的钱包。

好在我的买买买配额在早前一个人在东京时已经被用光，大阪的消费主义景观又确实不如东京那样极致，在打发完剩余时间之后，我只是买了一小盒看上去极为精致漂亮的和果子，拆开烦琐的包装，其实就是三粒像琥珀般凝有樱花在其中的果冻。

十分不好吃。

这确实是艺术，不是食物。

第三日

我们决定在Y的老板L抵达前花一天时间去镰仓。然而实际动身出发的时候已经是中午。匆匆解决午饭后，我们在新宿站坐上了小田急电铁公司的江之岛周游线。和台湾的平溪小铁路类似，只要购买一日票，就可以在这条线路随上随下。始发车站的轨道非常可爱，顶住车头的东西上面放置着一个戴花的蟾蜍。坐这趟小火车的人挺多，其中有不少是小学生，穿着统一制服，背着书包。这场景会让你迅速穿越到刻板印象的日本中去。没错，日本文化和我这一代中国人的亲缘关系所造成的间离感和亲密感，就是当你身处日本街头和商店，却并不感到陌生，在雷门门口看见身着传统服饰的男子、在江之岛的列车上和制服高校生同处一室时，才蓦地恍惚自己是在异世界——前一秒你还在电视机前，后一秒则跨入了屏幕，那样一种强烈而奇异的感受。

江之岛的行程实在是像一个高配版的台湾平溪线，这让我和 Y 以及 W 感到恍若隔世——半年前我们仨就在平溪线上。我们的时间不容许每一站都下，于是第一站去了极乐寺站，这里的车站既小又旧，按照指示牌找到极乐寺，却发现已经关门，我们只能在寺门前踮脚向内打量。写到这里，我的记忆又开始发生错乱，记不起这一段行程和平溪的行程哪个是哪个，画面交织堆砌。我们饥肠辘辘，没有在这里找到适合吃饭的地方。在台湾时的最后一站我们似乎也是饥肠辘辘地走进了一家 7-11，休息聊天，外面下着雨，我们等待回台北的火车。

离开极乐寺，我们再次坐上火车，出发去镰仓的最终目的地——镰仓高校前站，也就是《灌篮高手》的故事发生地。一场朝拜之旅。若说朝拜，实际日本的大小各地应当都有值得一探究竟的地方，只是正因为太多，也就懒得做准备，走到哪儿算哪儿。按说《灌篮高手》对我并没有特别的意义，我对它的感情不比这一代少年儿童深多少，甚至连完整的剧集都没看完过，只记得小学时有女同学会唱日语版插曲，当时觉得好厉害。镰仓也是是枝裕和新片《海街日记》的故事背景地，这个电影我、Y和W恰好是一起在台北光点电影院看的，觉得十分糖水。是枝裕和的电影一直给我一种避重就轻的感觉，看似细腻温柔，实则是选择性过滤现实，严肃的社会议题在他的镜头下总是添了一层滤镜。这当然也是一种选择，无可厚非。

然后就突然看见了海。在火车上时大家已经兴奋起来，下了火车，正值黄昏，光线均匀地分布在海岸上，潮汐回环往复迸发不同的光彩，这幅画面无论从哪个角度去看，都让人心驰神醉。F提到三岛由纪夫《金阁寺》中，男主角逃到镰仓海边，所望见的海汹涌黑暗。此时亲眼见到，才发现的确如此，冲浪者可以做证。我们要去找《灌篮高手》中的场景原型，一处红绿灯和拦路栅栏的地方，便沿着海岸在公路上往远处行走，远处有灯塔，海上有细细的冲浪的人。走到很远的地方才发现我们找错了方向，于是又折回来。对此时的我们来说，时间就像黄金海浪一般璀璨，人生的长卷刚刚展开，露出最辉煌处的一角，我想象不出有谁比这群年轻人更有光明的旅途。

折回来的时候，光线变化万端，等找到那一处熟悉的场景，天色已经低沉。我们匆匆拍下这一幕，然后便可以去镰仓——抵达的时候天色已经完全黑了。海边有人在放烟火，"我们也应该放烟火！"我嚷嚷。"对！"Y激动道。然而我们都不知道哪里有卖烟火，便决定先吃饭。找到了《海街日记》里的餐厅"麻心"，各自点了定食。吃完便在小镇里溜达找烟火买，然而便利店都没有，绕了一圈又回到了海边。"不如我们去问问他们在哪儿买的。"我提议道。

于是我们下到海边，黑灯瞎火地摸索到了那群人旁边。"嘿，你们的烟火在哪儿买的？""自己带的。"他们说。原来那是一群台湾人。

但这时有更令人激动的东西出现了，星星。此时天空繁星密布，我们全都抬头观星，辨认星座，有回到古代坐而论道之感。我们在沙滩上废弃的破船里探秘，痛快大笑，人生似乎再没有比这更放松的时刻了，这让人怀疑一切有关生活方式的倡导，怀疑人生究竟有没有被选择过，怀疑野心是不是唯一所要追求的东西，怀疑我们在同一块大陆上的生活是否真实。我感叹："如果我们可以住在这里就好了。"Y立刻说："但你肯定住三天就受不了了。"我承认她是对的。

我们离开镰仓，在夜色中坐火车回到新宿，然后沿着韩国街走回住处。Y的老板L和我们几乎是同时到达。为避免麻烦，他最终没有听从Y的建议坐公共交通，而是简单粗暴地打了辆车——出租车的费用比他飞来东京的机票还贵。我们一边咋舌一边揣摩接下来应该如何安排L的行程。由于Y提前和我们打好的招呼，第一站自然选择了风俗业。

于是这一天在结束了一趟风光青春之旅后，真正拉开了序幕——

"我们既不能让他觉得我们对他的这个趣味明察秋毫，也不能太被动要他自己提出。必须拿捏好分寸，让他觉得自己是被半推半就，不得已而为之。"Y在前一晚叮嘱我们。

"明白。"我说。

我对Y要表达的意思心领神会，然而我知道自己对于和成年人相处这件事只是叶公好龙。届时只能以辅助型角色配合Y一唱一和。W虽不怯场，表演却又有夸张之嫌。S则始终做自己，不卑不亢，主要是不在意。

在L到达屋子，我们一一客套完毕之后，便收到了Y的建议："最近的就是歌舞伎町。"不同于上次浮光掠影的一瞥，这一次我们得真枪实弹带领L体验。

在寒暄中假模假式地踱步至歌舞伎町，我们来回转了两圈，迟迟无法决定进哪一家。歌舞伎町的风俗业模式是，先找中介，再从中介那里选择想要的服务。歌舞伎町满大街的无料案内所，就是中介。无料是不收费的意思，案内所是信息处的意思。无料案内所就是不收中介费的信息处。

这个看着挺好，那个看着也不错；这家不接待外国人，可进去逛逛应该没事吧；那家没写接不接待外国人，但似乎是伪娘向；这家门口贴着巨幅海报，清一色美男子，不如咱们分开行动，各玩各的。

我们徘徊半晌，走来走去，简直有点儿忘乎所以。这时，一个声音叫住我们："你们在找什么？"

是一个穿着白色休闲西服套装，骑着自行车，戴透明框架眼镜，看上去既斯文又败类的年轻男人。冈本桑。

"我们……"我们踌躇不语。

"想找什么进来说。"他见我们扭捏四顾，干脆打断我们。

他从自行车上下来，靠边停好，带我们走进了旁边的一家无料案内所。

进去后，他拿出一个厚厚的本子，开始一边翻一边跟我们介绍。

"我们有很多种服务，你们得想好到底要干什么。"

然后他打开了第一页。

"这种呢，你可以坐在吧台外侧和姑娘聊天，但不能碰她们；这一种，你可以和姑娘们坐在沙发上聊天，但不能碰她们；这一种，你可以和她们聊天，碰她们，但不能碰关键部位……"

"我们要最贵的那种。"我们替 L 说了出来。

"好吧，"冈本桑大概看出了我们的诚意——毕竟三男两女出现在这里，太像是只是猎奇打听信息、狐假虎威的观光客了，他假装勉为其难地合上了那本名录，"首先，我想告诉你们，这不是一般地贵。"

"没问题！"

"好吧。"冈本桑重新拿来一本名录，让我们翻看。

"不用看了，就选最高级的。"Y 能看出她的老板已经有些不耐烦了。

冈本桑安静地没有插嘴，他应该也看出来了，L 才是真正的金主。

"你们这些年轻人……"L 果然半推半就了起来，语气中三分客气，三分喜悦，三分嗔怪。

"就这么决定了，L 哥，好不容易来一趟。"Y 知道就快水到渠成了，加了把劲。

"对了，你们这儿有提供给我们俩的服务吗？"为了打消 L 的顾虑，我们问冈本桑。

"噢，"冈本桑又拿起那本本子，"对女性，只有坐在吧台外聊天和坐在沙发上聊天两种。"他非常简短地结束了介绍。

"那好吧。"我们面露失望之色。

"你们不能去啊？那我们就换一个呗，大家一起。"L 说。

"呃……"冈本桑适时假装为难起来，"如果只是聊天这种，你知道，她们极少有人能说英语，所以，几乎不接待外国人，除非你们会说日语……"

他早就看出来我们中除了 F 会蹦一些单词外，没人会说日语。

"你们要的那种，大部分也不接待外国人，但我会一个个打电话去问问看。"冈本桑毫无疑问精通语言的艺术，几句话就展现了自己的关键作用。

Y 把冈本桑的话转述给 L："所以，没得选咯。"她不等 L 拍板就转身跟冈本桑说："我们决定了，就要最贵的那种！"

这之后，我们默契地走出狭小的案内所，等待 L 在里面挑选。我们说好等冈本桑替他安排妥当，再为我们安排接下来的节目。结果转了一圈后再回到案内所，他们都不见踪影，我们只好在附近找了个酒吧待着，心里既有些失望，又有些轻松。

歌舞伎町的正经酒吧出奇地少，一路走去，不停能看到有穿着奇异的店员在揽客，我们最后走进了一家黑人经营的地下酒吧，存好包之后，在狭小的舞池里打发时间。我们都穿得太多，略显累赘，实在蹦不起来，Pub 提供的酒水看起来也十分可疑，只有跳舞跳得很好的 F 大放异彩。

大约四十分钟后，我们和 L 再次会合，然后往住处走。

一见到 L 就问："感受如何？"

答说环境很差，服务也一般。L 浑不在意地描述这件事情，仿佛只是在点评一间餐厅。事前的虚伪和事后的坦荡，在 L 身上完美地过渡。

"没关系，明天我们去银座。"我和 Y 交换了一个意味深长的眼神，然后开始给 L 画饼，"对对对，其实这里啊，主要是骗观光客的。真正高级的服务，是在银座。"

L 不置一词。我们各怀鬼胎地向新宿的方向走回去，每个人都出神而空洞地盯着虚空，踏着沉默的步伐，不知彼此在想些什么。歌舞伎町的灯火就这样被我们甩在了午夜的身后。

第八日

虽然会在大阪停留两日，但由于不规律的作息，上午基本是荒废状态。而为数不多的几个景点都需要拿出一天启程，于是我们没有去天守阁，没有去道顿堀，没有去大阪城公园，没有去环球影城，没有去通天阁，没有去梅田空中庭院，甚至没有怎么逛就在住处楼下的心斋桥，也没有吃什么好吃的。鬼才知道为什么我们最终去了水族馆！

去水族馆需要坐很久的地铁。

世界各地的水族馆在我看来都大同小异，就像动物园，多一种动物或少一种动物，这里的蜥蜴和那里的蜥蜴拥有不同的足趾和花纹，这里有别的地方都没有的水陆两栖场馆，对我来说好像都没有什么意义。如果不是在旅游，我是断然不会跑到水族馆、海洋馆或是动物园这种地方去的。虽然我对动物园没有特别的兴趣，倒也去了很多城市的动物园。一个去动物园的理由是为了克服自己对蛇的恐惧。初中时，为了克服对青虫的恐惧，我对自己采用了行为疗法中的暴露疗法，每天拿着望远镜仔细观察窗外树上爬满的青虫。虽然失败了，但潜意识里一直试图用同样的方法克服对蛇的恐惧。所有最可怕的梦至今都是和蛇有关的（其次是蛤蟆）。虽然我从没在野外真正看见过一条蛇。人有一种想要战胜所有恐惧之物的心理，消灭掉所有路途上不安分因素的渴望，蛇是不能被消灭的，所以只能改变自己。有时候，就连自己也无法改变，人必须保有至少一种恐惧，以确认自己存在。这是我在克服恐惧失败后硬找的心灵鸡汤。也许事实并不是这样。

还是说水族馆。

儿时记忆中并没有和水族馆有关的，海洋世界这样一种强调在场体验的大型设施，在我所生长的城市以及大部分中国内陆地区并不存在，等到长大了，也就失去了亲临它的兴趣。

大阪的水族馆游客稀少，门口有一个偌大的摩天轮。走进水族馆，你会再一次感受到日本设计中的人文关怀，水族馆是如何合理安排了游人的行动路线和观光角度，更重要的是如何让动物也觉得怡然自得，将环保理念、人与自然共同相处应用在这样一座人文建筑中,而动物园就其存在而言本身就是反动物性的。据说日本的动物园和水族馆大多在这一点上做得非常好,因而比起它容纳了多少种珍稀动物而言,它的设计性更值得观赏。这一点又落入了艺术的窠臼。无论走到这个国家的哪里,总有一份多余的艺术成就可供观看,可以思考,可以赞叹,可以感到一种人类应该走向哪里的虚无。

水族馆的最后一个空间,是一个邀请人零距离抚摸蝠鲼的水池,它小心翼翼地提醒了你可以抚摸的部位。和想象的不同,蝠鲼的背部有粗糙的颗粒感,这似乎也分品种,有些摸起来就是滑腻腻的鱼类表皮的感觉。不管是哪一种,都会让你起鸡皮疙瘩。

当然,如果这之后还有一个空间,是邀请观光客品尝蝠鲼的肉质就更好了。这多少能弥补在东京我们没能去成筑地市场的遗憾。

第六日

"北野天满宫要买学业御守,伏见稻荷大社可以买狐狸绘马,心斋桥附近有很好看的布袋卖,如果去道顿堀,不要忘了吃……"

临别前，W再三在我们大脑里那份尚未形成的地图认知点上画上圈，末了，他还特地写了一张字条，把重点一一列出来，并且画了简单的地图。虽然事后我们完全没有用上这张倾注了过来人的迫不及待的心情的纸片，我在心里默默合十。可京都实在是一个适合步行游荡而非逐一去那些耳熟能详的打卡地打卡的城市，也许这就是为什么我们错过了枯山水——走过龙安寺发现大门紧闭之后我才发现原来这里有最有名的枯山水；错过了白天的鸭川——头一天的行程结束于缺乏交通工具而双腿酸胀的阴天下午，发现快要下雨时我们几乎是非常开心地发现找到了一个即刻回家的正当理由；错过了大文字山——在兴冲冲地发现金阁寺极大满足了观看欲望后谁也不想随着游人的路径继续往上走。一天结束时我才突然意识到，对于时间有限的过客，京都并不适合步行。"我们应该租自行车！"

任何一座只要不是巴黎、北京、东京这样的超级大都市，都适合骑车造访。自行车不仅大大拓宽了我们可以到达的疆域，也给予我们和当下短暂存在的土地一种超越了游客和旅游地的更加亲密的联系。仿佛我们可以用骑车这一行为短暂地拥有一个叫作本地人的身份，我们并非来此打卡，而是在此生活。

这一天是阴天。乍暖还寒的京都在阴天的日子里显得更加白云低垂，令人想起故宫。不是北京，而就是以故宫为轴心的北京老城区的影子。很多年前头一次去故宫似乎也是个阴天，因为衣服没穿够而冻惨了。在高大城墙里行走，抬头就是一片与地面异常亲密又过于宽广的天空，使人感觉无比压抑和寂寞。京都给人的感觉也是这样一种寂寞。

突然出现的金阁寺不能抵消这种寂寞感。在阴天时它看上去极不真实。据说观赏金阁寺的合适天气是阳光灿烂的日子，金阁寺会反现金光，显出一片耀眼。然而我却觉得阴天时看它更加合适，它与周围的山水、植被和庭院完美地融合在一起，成为一幅默契的画作。这不得不让人对日本人的这种人造美学感到困惑，不论是枯山水还是金阁寺，作为日式庭院美学的代表，因其精巧，极讲究分寸感和控制感，它要求映入观者眼底的这幅画面每一个细节都是被考虑过的，不允许自然尺度的存在。这使得人在走入这幅画面时，第一反应就觉得不对，说不上是哪里不对，但总觉得它不自然。美固然是美的，不过这份美让人不敢轻易靠近，生怕走入它就破坏了它，像不能触碰的宏大的多米诺骨牌。

中式园林是另一番样子，如上海的豫园、苏州的拙政园，讲究三步一停、五步一看，千回百转中每一眼都是不同的风景，然而我无法在斑斑驳驳的树木亭舍中看出每一眼的美感，每一眼看上去好像也都差不多。那大概是现代人所匮乏的休闲，无法耐心地在自然生长的烦琐中得到安详。

苏州博物馆却是集人工美学和自然美学为一体的奇迹创

造，这种奇迹在现场观看时是一重感受，日后回望又是一番赞叹。将徽式建筑、假山石、真水池和背后跃出的树冠结合为一幅画的设计，在人工精心构成的美学外尤有自然的毫无章法，但在照片上又会显出，这份自然的毫无章法实际也是设计的一部分。这份惊心动魄的美感展现了贝聿铭对于建筑和园林设计的宽容度的拿捏，或者说对于材料的控制度的拿捏——在怎样的范围内准许它有自作主张的变化，而这变化不会对设计整体产生影响，反而因其变化而多了一分灵动。它便既没有古典园林过于放纵的"拒绝人观看而是要求人在其中生活才能拥有"的傲气，也没有日式庭院过于精细的"邀请人观看但拒绝其走入"的娇弱。这有些像《神雕侠侣》中，小龙女教杨过功夫的办法：她捉来一只鸟，要杨过但凭掌风不让鸟飞走。先是一只，然后是几只，然后是一群。鸟自然可以扇动翅膀，却飞不出小龙女双手的纵横之间。贝聿铭说："在西方，窗户就是窗户，它要放进阳光和新鲜空气。但对中国人来说，窗户是镜框。那里总有园林。"这指出窗户对中国人来说，不仅是功能性的，也多出一分观看的用处。这不仅是美学意义上的观看，也是社会学意义上的观看，它昭示了一种过去的中国人——尤其是过着园林式生活的中国人（这直接隐含了人的身份的几种可能）的生活状态，未必是光明正大的观看，也可以是窥视，也可以是洞察。在观看、窥视和洞察间，折射出过去的人共同的礼教、规则和对这些的破坏。在此种隐微的动荡中就生活出了故事。

第十日

终于可以离开日本了。

临行前我以为自己会萌生这样的念头,也许是在日本待着已经疲惫,也许是接下来我还要去首尔晃一圈没法直接回家,也许是匆忙收拾行李尚无暇产生什么情绪。总之,这一刻我极为平静。只是在关上门的瞬间产生了"原来我不会再回来了"的某种难以置信的感觉。同伴在房东留下的黑板上擦掉原先的欢迎词,写上了感谢的留言。一位同样未曾露面的房东。

实在太漫长了,在历经了巨大的欣喜到麻木的无聊再到平静的习惯之后,我感到这半个月实在是太漫长了。一如我对此地饮食的适应。在原本的观念中应当有无数美食的狭长地形的岛国,实际上却并非如此。印象中应当以清淡和精致为主要特点的日本料理,他们的平民饮食却单调油腻,热量高得不行。拉面以浓稠高汤为底,炸物不用说——我再也不会贸然点天妇罗盖饭这种可怕的东西了。鱼生美味清淡,也总不能每顿都吃。想要吃蔬菜那就只好去吃温野菜,也就是日式火锅,那也不是日常料理。各种甜品点心倒是非常精美漂亮，但也不能替代正餐。总之，到最后，吃什么简直成了我们的一大难题，很难想象这会发生在日本。当然，要是与北欧、德国、土耳其之类的旅行相比，我承认这是在犯矫情。食物可承载的期望终究过于单薄，无论多么超越五感，过程也就是一份陌生化的新奇换一份不过如此的暗藏于心。这经验太日常太普遍，太容易拥有，也就显得轻飘飘，拿得起放得下，可以不在乎。日本人却可以把这样一份日常也打造成充满仪式感的祭祀。日本的单调饮食本质上是由于地理条件导致的物质匮乏，他们却可以将并不丰富的原材料变幻成满桌五光十色的饕餮盛宴，至少看起来是如此。艺术化本不需要加诸如此多心力的最低层级需求，也就使得在吃掉它们的时刻，不得不付出与之相匹配的一份认真出来。因此日本影视剧和动漫画里，人们都会十分夸张地一边咀嚼每一口食物，一边像欣赏一幅名画一般做出复杂而漫长的表情动作，好像咽下每一口食物都是一记声势浩大的祭拜礼，要向食物之神回馈以相应的尊重和感激。毋宁说他们是在感谢自己。

这逻辑不能进一步推敲，否则会走向虚无：这是何必呢？这是我经常被困扰到的问题。"如无必要，勿增实体"，我无法在除此之外的生存原则里体验到合理性。这也是我在踏入这个岛国的头几天所产生的强烈困惑，因为它的过于完美很快便会让人产生巨大的虚无。当你来到人类文明发展的顶端，你会发现一切仿佛都失去了意义，唯一可做的就是安静地存在。可是人总会不满于安静地存在，当力所能及的范围内所有的难题都被解决了，人只能陷于严密的生产链条和空旷的消费主义所构成的"工作—生活"循环中，当时间的每分每秒都被漂亮地填充起来，也就忘了被消耗掉的时间是无法得到回报的。看似平衡的支出与回报实际统统是支出，因为它没有让时间匹配以真正的价值。这是一种没有缺点的机械化，可是，人如果身处这样一种完美之中还嫌弃其完美，就显得贪得无厌了。你固然可以追问自己，自己的使命感究竟在哪里？使命感就是人生的终极意义了吗？你固然可以追问社会，乌托邦就是最好的社会结构吗？社会除了追求最好，就不能追求别的了吗？社会在达到最好的状态之后还能怎么样？你固然可以不断追问下去。但追问也没有任何意义。终极无意义，终极虚无。这样的人只怕很难快乐地活着。也许这点出了支出换来的一种回报，快乐。但这也是个复杂的问题，他又会追问，人存在的目的是追求快乐吗？

也许不对的是我，生活并不能都按照奥卡姆剃刀定律[1]执行贯彻。而且，如果一定要按照这样的原则推论下去，人就压根儿没有生活的必要，反正结局已定，所有的积极行动不过是无谓的挣扎。这些有关生活的仪式未必是自欺欺人的幻觉，而是一种对抗虚无的办法。它让人不要多想，只去多做。

---

[1] 奥卡姆剃刀定律（Ockham's Razor）由14世纪的逻辑学家奥卡姆提出，即"简单有效原理"，描述为"如无必要，勿增实体"。

行动的意义只在于行动本身。当我回忆起这个国家，总是不断扰乱我视线的是一个人的踪影。

那是在浅草的一天早上，我到日本的第一天，放下行李出门乱晃，天还太早，六七点的样子，浅草寺没开，商业街无人，我看见运送饮料的车辆停在街道路口，身着蓝色工装的职员下车，替路边的饮料机更补产品。他非常认真地检查货品，小心翼翼地装满饮料机。这工作一定无聊极了，从他的脸上我看不到快乐。正因为此，才显示出克服这种生活的艰难。也许生活从来都是被克服。

我简直不能更渴望回家。

2016/3~2016/6，北京

南极
South Pole

—— 南极像一枚巨大的致幻剂,一个充满了布洛芬的氧舱,在里头无忧无虑,什么也不用想,什么也不用做。也做不了。

—— 四个半小时后我们到达南极大陆的联合冰
   川营地，这是去南极点和文森峰的必经之
   地。除了远处灰黑色的山峰和眼下的白雪，
   什么都没有。

—— 前一晚开会时，科学家们已经给我们分析
   了路线的细节，诸如跑到哪些部分会有强
   风，有人的补给点和无人的补给点大致在
   什么位置等。

➡ **亚马孙**
Amazonas

— 每条船仅容得下五六人,船尾会坐着一位船夫操控马达,船头通常坐着我们的向导。行驶在亚马孙河面上的时候,必须小心绕过那些浮着大片水草的地方,以免发动机被水草缠上而熄火。

— 像这样找蛇钓鱼的活动，他已不知重复多少次。我猜比他更疲倦的是那些被一次又一次抓住又放生的动物。"又是这群傻子。"它们大概这样想。

— 毒蜘蛛我们前一天才抓过，阿杰生动地给我们展示了蜘蛛的各个组成部分，以及它喷出毒蛛丝的过程。

冰岛
Iceland

— 如若是在冬季，这些浮冰应当更加壮观，现在它们瘦小、孤独，像幽灵一样漂浮在实际并不太大的湖泊中，鸟群落在平缓的背脊上休憩。

— 海豹有时会找到一块适合它体型的小冰块，挪到上面晒太阳和扭动。

— 火山内部固然美轮美奂，令人大开眼界，但日日往返于火山内外，何尝不是一种牢狱之灾。

— 冰川徒步远比一般登山要危险……你必须非常用力地踩向地面，行进过程中确保你的每一步都让脚下的冰爪牢牢抓住冰面。

— 最神奇的是一片火山地形区，地表像是陌生星球的表面，是一整片光秃秃、色带不同的岩石，有着一块一块突突冒泡的滚烫岩浆的洞穴。有些凸起还在冒着热气。

布宜诺斯艾利斯
Buenos Aires

— "我是博尔赫斯的读者,我想看看他曾经工作的地方。"我这么告诉那位女士,也不知她有没有听懂,不过,像我这样的人应当很多。

— 1999年，阿根廷国立图书馆搬迁至新馆，这座建筑如今成了阿根廷国家音乐中心，但也未见得其"国家"的级别，原本是图书馆大厅的位置稀稀拉拉堆放着一些椅子，中间是个空旷的排练场，你只能通过周围上方被改制成窗户的书架看出图书馆曾经的影子。博尔赫斯从未去过新馆。

— 于是我跛步去了市里最出名的托罗尼咖啡馆，布市的咖啡馆总是兼具探戈表演的功能。我又一次和博尔赫斯不期而遇了。

一 不管鞋的问题了,我直奔布市最著名的雅典人书店。书店乃由一百年前的歌剧院改建,四层建筑被密集的书架填满,在歌剧院的灯光效果下煞是震撼,原本的舞台成了休憩区,曾经的观众如今成了舞台上的一员,那样子好像就是一出正在轮演的话剧。

—— 有钱的时候我就去马德罗港附近，沿着河边随便找一家餐厅，吃一顿不会记住任何一道菜全名的饭，我可能会碰上好机会，叫我喝到此生最棒的白葡萄酒。

缅甸
Myanmar

—— 在缅甸进一切寺庙都要脱鞋，我的脚底板每天都漆黑。

— 而我第一次真正遇见乔治·奥威尔，是在蒲甘阿南达寺前的书摊上，《1984》《缅甸岁月》《动物庄园》……奥威尔的各式作品，与昂山素季的《缅甸来函》、奈温将军的传记、缅甸神话故事集，以及艾玛·拉金的两本以缅甸为主题的书放在一起。

— 僧人一天只吃两餐，早上四点一餐，然后是晨课，诵经念佛，十点吃第二餐。他们等的就是这第二餐。僧人们会排着长队，怀抱黑漆饭钵，顺着这条道路整齐地走到炊事房，打饭吃饭。

→ 日本
Japan

一 我们要去找《灌篮高手》中的场景原型，一处红绿灯和拦路栅栏的地方，便沿着海岸在公路上往远处行走，远处有灯塔，海上有细细的冲浪的人。走到很远的地方才发现我们找错了方向，于是又折回来。对此时的我们来说，时间就像黄金海浪一般璀璨，人生的长卷刚刚展开，露出最辉煌处的一角，我想象不出有谁比这群年轻人更有光明的旅途。

一 匆匆解决午饭后，我们在新宿站坐上了小田急电铁公司的江之岛周游线。和台湾的平溪小铁路类似，只要购买一日票，就可以在这条线路随上随下。始发车站的轨道非常可爱，顶住车头的东西上面放置着一个戴花的蟾蜍。

— 坐这趟小火车的人挺多,其中有不少是小学生,穿着统一制服,背着书包。这场景会让你迅速穿越到刻板印象的日本中去。

— 我们各怀鬼胎地向新宿的方向走回去，每个人都出神而空洞地盯着虚空，踏着沉默的步伐，不知彼此在想些什么。歌舞伎町的灯火就这样被我们甩在了午夜的身后。

——在瑟瑟寒风中，我们穿越了长长的地下甬道，按图索骥，找寻都厅，完成我的提议，也是一个最普通的游人打卡点，都厅四十层，那里可以俯瞰东京全景，如果是白天天气好的时候，还可以看见富士山。

→ 罗马
Rome

— 对罗马人来说，吃可能更加重要。我迅速把在北欧吃下去的体重吃了回来，火腿、冰激凌、提拉米苏，样样都可以让人立刻发福。我确实得到了幸福。

一 我路过了古罗马斗兽场和古罗马广场,然后假装没看见它们,暗示自己刚刚看见的绝对不是那个世界闻名的历史遗迹,世界新七大奇迹之一。

一 如果不是许愿池还露出了一点点池水的边角,谁也看不出那到底是个什么东西。拍照就别想了,你绝对不可能找出一个只有你和许愿池入画框的拍摄角度。

哈瓦那
Havana

→ 人们在布店、食品店、商店门口排着长队，手里捏着各种票券，等候商铺开门，购买日常所需用品。而所有的店铺依然是上世纪八九十年代中国商店的样貌：稀少而简朴的货物放在玻璃柜台内，或是后排的货架上，需要向营业员指出要哪样东西，它才会被从货架上取下，放在你和营业员之间的柜台上。

—— 海明威最爱去的五分钱小酒馆，如今每晚人满为患。人们挤在窄小的一楼吧台，酒保飞速调制着一杯又一杯莫吉托，一个人就是一条流水线，乐队不得不和酒客们分享一块热闹的空气。

一 离开古巴前的一天,我去老城区对岸的海边看炮塔城堡。回来的时候,路过海边,司机将我放下,这本不包含在他的义务导览范围内,但我明白他将我放下的意图,那是我见过最美的海洋的颜色,加勒比海蓝。

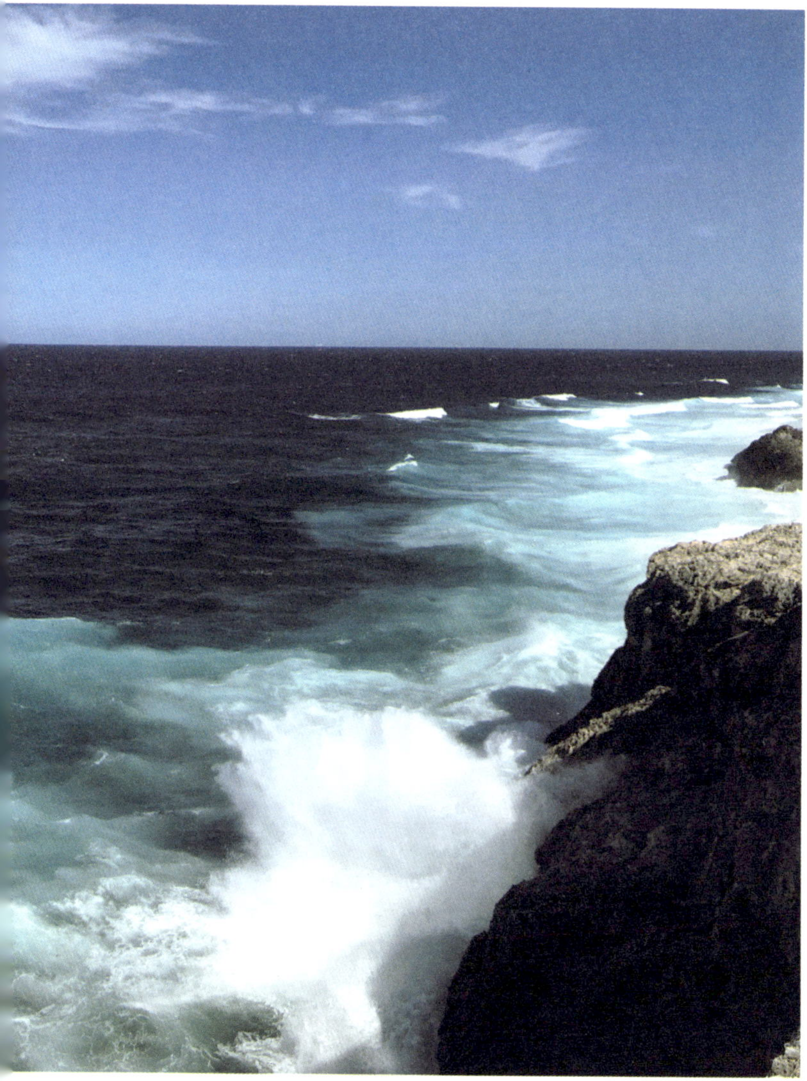

→ 小孩子的游戏
Children's Games

一 世界六大顶级赛事之一的东京马拉松,人实在是太多了!

—此时，当所有那些高楼大厦和穿插其间的高空轻轨再一次在我面前缓缓展开，阳光不疾不徐打在我轻薄宽大的外套上，道路上除了打扮成各种二次元形象的运动员外没有任何人，街道旁的路人则全部挤在栏杆外，没有人对鳞次栉比的 Gucci、MCM、山本耀司有兴趣。

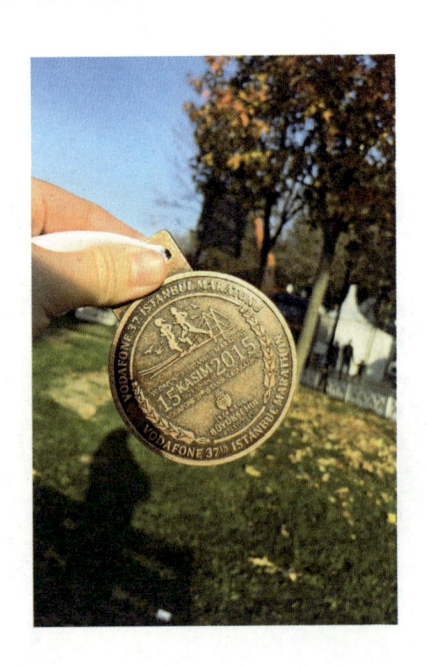

—"为了发朋友圈。"

一　　但你不能停下来。因为一旦停下，你可能就要被路旁热情地带着自家制作的饭团、在便利店买了红豆小面包和糖果的市民围上，然后热情地让你从他手里拿走些什么——现在你终于明白我说的流动的盛筵是怎么回事了。

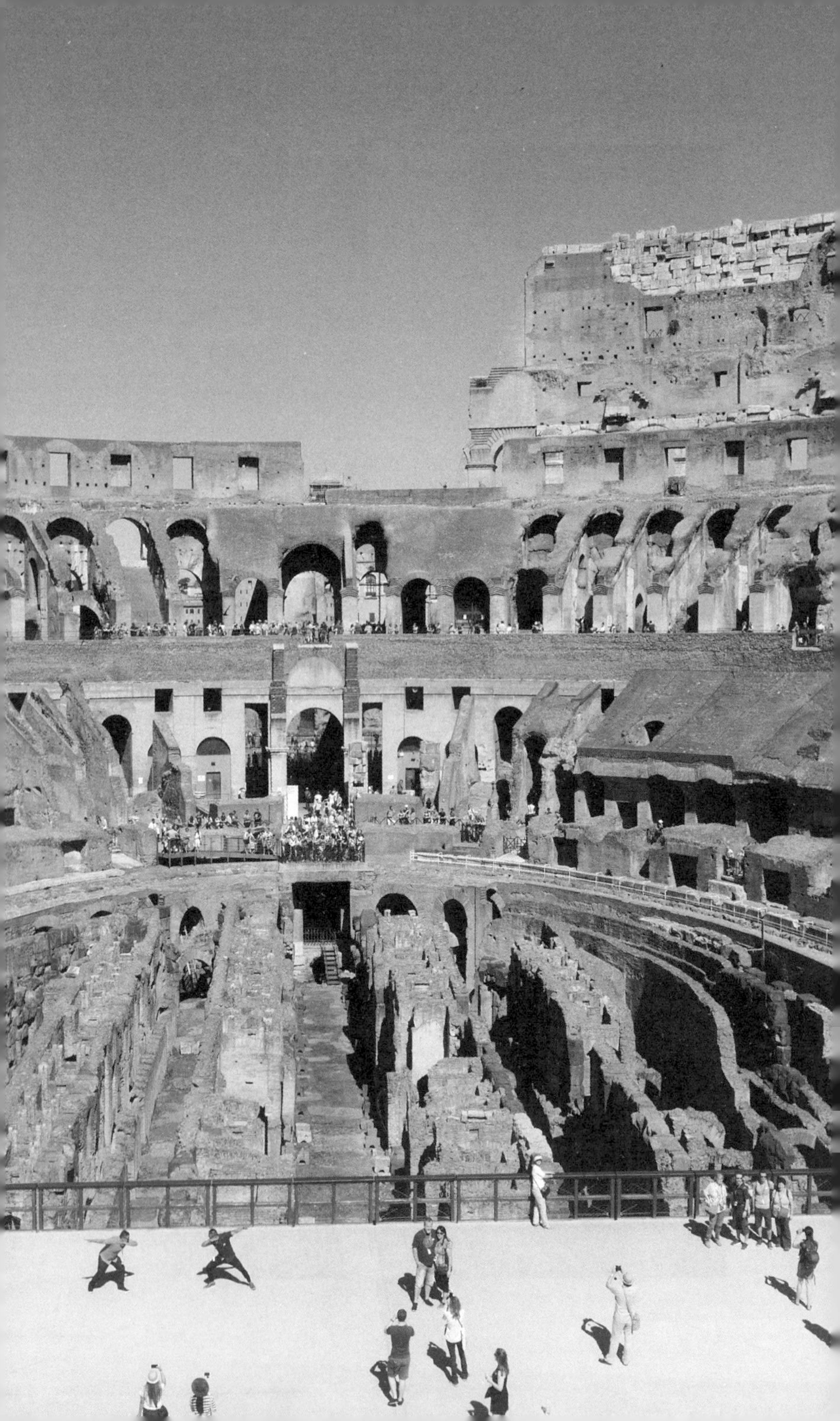

罗马
Rome

西欧彬彬有礼,东欧不拘小节。意大利呢,它像一个徒然努力试图挤进发达国家这件套装的胖子,一步一晃,憨态可掬,而且不以为意。

➜

罗马热得一笔雕凿[1]。

此刻,我坐在罗马中央火车站月台的地上,等待一班开往蒂沃利镇的火车。我的口袋里揣着刚刚在自动售票机买的最近一班火车票,手上拿着一个可颂和一杯滚烫的咖啡,在犹豫是现在就把这份早餐吃掉还是等上了车再说。地上说不上多干净——火车站,罗马,你想想——但我早就放弃负隅顽抗,五天前从罗马机场出来的那一刻,我已经说不清多少次不由分说就坐在地上。就像此刻。此刻,我目不转睛地盯着远处头顶上的火车时刻表,距离我的车票上应该出发的时间已经过去了二十分钟,那块电子显示器上我的车次后头仍然紧跟着"延误"。

"我还得等多久?"我问月台上一个穿制服的人。

"抱歉,孩子,我也不知道,我想你只能等着。"他说。

那好吧。

---

[1] 南京方言,意为"非常、极致"。

如果有一件事你必须要知道，那就是在罗马，千万不要信任它的公共交通系统和谷歌地图所给出的路线用时。除非亲自验证，你永远也不知道从一个地方到另一个地方所要花费的真正时间。如果有什么可以安慰到你，那就是它的公交车几乎都是免费的。说逃票有点不太合适，但你确实很难找到什么打票的地方，而且没有一个人这么做。后来我才明白那些人是持有月票或年票的本地人。

月台出入口查票的通勤忙活的样子让我觉得十分熟悉。这可能是整块欧洲大陆唯一一个还需要依赖人力资源进行这道工序的国家。在别的地方，要么就是只在你上了火车好一会儿之后，才慢悠悠晃过来一个制服整齐、闲庭信步、笑容得体的查票员，要么就是压根儿放弃了查票这件事。西欧彬彬有礼，东欧不拘小节。意大利呢，它像一个徒然努力试图挤进发达国家这件套装的胖子，一步一晃，憨态可掬，而且不以为意。

我感觉自己回到了祖国。

从清贵高冷的冰岛搭乘一班经由柏林中转的夜间航班在罗马落地，从机场出来的一刹那，我就倍感一种粗粝低俗而热情喧嚣的亲切：混乱嘈杂的机场，各式私营公司彼此竞争的机场大巴让人目不暇接，打扮得五颜六色花枝招展拎着廉价行李包的乘客把机场弄得像是春运，若有若无的汗味在太阳下缓缓蒸腾。我知道这么说不太礼貌，不过——

这太中国了！难怪我的一位河南籍朋友曾说，意大利就是欧洲的河南。

头一回踏上意大利领土的我，拎着行李站在原地恍惚了好一会儿，才接受了这个设定。我对意大利的了解几乎都来自电影。费里尼、安东尼奥尼、新现实主义、托纳多雷、保罗·索伦蒂诺、南尼·莫瑞提，这个名单上还有一长串名字，占据了我迷影史的大面积位置。如今，我得摇摇脑袋，把那些电影画面从脑子里晃出去，回到河南这件事上。河南人也许是全中国最有自黑精神的人，而意大利男人可能是全世界最崇拜女性的人——我怀疑他们除了崇拜女性没有别的爱好。

这是我在罗马待的第五天，也是最后一天，今天是周一，我会选择费这么大劲坐一个小时的火车去罗马东北方向约30公里的一座小镇，参观哈德良皇帝的花园别墅和伊斯特别墅，原因只有一个，我在罗马已经待不下去了。关于这位皇帝，我唯一知道的事只有尤瑟纳尔写过一本《哈德良回忆录》。那本书我连翻都没翻过。

火车终于到站了。在我重新站起来，赋予自己为人的权利之前，我真应该好好想想这件事——今天是周一，而不是背上背包就一股脑儿冲上火车。

……那么我就会意识到周一是绝大部分博物馆和景点的休息日。

等我从那个又小又破的火车站走出来，映入眼帘的是一幅中国乡村图景：破败不堪的居民楼，墙壁斑驳的月台，几个无所事事的意大利男人在车站边懒洋洋地晒太阳。从车站走出去则是彻底的农村，一条小溪将车站和小镇分割开。我试图在丛林间找出一条路穿越到河的对面，但很快就被烈日下的蜥蜴吓了个半死。

任何一幅无所事事的画面都让我感到沮丧。意大利的无聊和北欧的无聊截然不同，当我走在斯德哥尔摩下午三点的直射光下，大街上空空荡荡人迹罕见，咖啡馆门外，相貌脱俗的斯堪的纳维亚人穿插其间，个个儿桌上搁着一杯冰酒，我脑中反复回响着一句话：日光底下无新事。那种文明而绝望的感觉或许会把我永远阻隔在阿姆斯特丹以南。而罗马的无聊是百废待兴式的。这是一种神奇的体验：当我终于沿着小路穿过一座狭窄的小桥，踏上蒂沃利镇的主干道时，我先是产生一种莫名的感动——这里像极了童年记忆中的那些中国二三线城市和乡镇，继而不可控制地开始反思文明的意义。但神奇的主体部分还是，我竟然在一个距离罗马东北约30公里的小镇上体验到了乡愁。上一次体验到类似的感觉，是有一年从重庆坐车去丰都的路上，当大巴慢悠悠地穿越整个小镇，开往目的地——经过整修而变得艳俗无趣的鬼城遗址景点时，我产生了强烈的想要跳下大巴在那座小镇上走一走的欲望：那是一个三十年前的中国。小街两边是面粉铺子、牛奶铺子、干货铺子、粮油铺子，卖糖人的、挑馄饨担子的、卖发绳儿的、磨刀的、修鞋的零星分布，人们捏着想象中的粮票在街上散步。从街头走到巷尾便能和恋人相会，递两张晚上的电影票。

但我知道这不是我的乡愁。我的成长记忆里并没有这些符号，我残存的回忆是城市、漫画、大院、少年宫、游泳池、旱冰场、科技馆、VCD租赁店、小神龙俱乐部、素质教育基地、可口可乐工厂，回想起来，它们显得有些空洞，以至于当你长大之后，几乎找不到什么记忆上的共鸣。没有一种别人的乡愁是和这些有关的。最接近的恐怕是《阳光灿烂的日子》。找不到的原因是大家恐怕和你一样，谁都没觉得这有什么可稀罕的，于是人们沉默。于是我能获得的是一种更普遍的、被接管的、从文学或是电影或是个人经验里习得的乡愁，这是一种被规训的乡愁，而不是我的乡愁。

即便如此，我还是被这种乡愁突如其来地击中了。此刻我坐在伊斯特别墅外面空地的石椅上，手里捧着几个圆滚滚的无花果和一大盒车厘子，犹豫在被周一休息的伊斯特别墅拒之门外后，除了手上这些购自镇上售货店的廉价鲜甜的水果外，还能收获些什么可以让我觉得不枉此行，就此打道回府。

回罗马。

如今我能想起来的在罗马的大部分记忆都是坐在地上。只有一次失败了。那是到罗马的第二天，我预约了下午一点半参观梵蒂冈博物馆,因此不得不起了个大早试图在那之前把圣彼得大教堂看完。一个教堂而已,一整个上午总归够了吧? 然而事实是当我早上八点多到了教堂门口时,发现队伍已经被世界各地前来朝拜的人排满。当我穿越人群好不容易挤到米开朗琪罗的《圣殇》面前时,我立刻就被那样一具雕塑震撼住了,借由美学直感而产生了宗教体验。上一次这样的经历是在卡帕多西亚的黑暗修道院里,在那样一个完全没有光照、只容一人跻身进入的狭小洞穴里,我一进去就被满壁的宗教壁画震慑了,那些壁画谈不上是多么精美的艺术作品,甚至略嫌幼稚和粗糙,它们只是在那样一个艰苦时代,有信仰的普通人所倾心绘制的东西。身处洞穴,面对着这样一些历史曾经存在的证明,任谁都会产生一些疑问,在人们饱受痛苦折磨的时候,在那些国家动乱、民族迁徙、饥寒交迫的日子,为何仍有人将力气花费在这些没有实质性意义的行为上? 那个时候,我突然明白信仰是什么了:希望。

另一次宗教体验的时刻是在松赞林寺。我从一个滑稽的集体苦修活动中逃离出来,和几个谈不上熟的人一起去了松赞林寺。我们很快分开活动了。除了两大主寺,康参和僧舍并没有什么人。我一个人在殿内踱步,目之所及是高大的壁画和佛像,周遭极其宁静。我的目光草草地扫过那些宗教故事,然后抬头仰望那尊巨大的佛像,突然好像受到什么感召,建筑原来是这个意思:通过建立一种视觉空间的宏大,展现人类自身的渺小并唤起神性崇拜的心理。因此建筑的起源和宗教息息相关。

身处圣彼得大教堂,你更可以感受到这种宗教场所对于唤起宗教体验的重大作用。仪式、场所、禁令、审美,一切都是为了制造幻觉。然而这个幻觉的出发点可能就是希望。循着这样的出发点,人们得以通向无数可能性的终点。当我按照语音导览移步换景,认真学习那些主教塑像的故事和他们的功勋簿时,我很快开始怀疑来罗马的意义。我可能是站在这里的所有人里最不知道自己在这里做什么的人——我在这之后的某个晚上和房东闲聊时,才知道梵蒂冈满坑满谷的明信片上,那个穿着白袍戴着小白帽微笑招手的家伙是谁。

"你竟然不知道Papa是谁?"房东惊讶道。我住在爱彼迎上订的一个房子里,房东是罗马人,这座巨大的房子里住了好几位房客,有一天晚上我们坐在客厅里聊天。

"不知道。他是谁?"我问。

"什么!你真的不知道?!"巴西房客震惊了。

"不知道。所以呢?"我更加迷惑了。

"别问她了。上回也是个中国人住我这,他也不知道Papa是谁。我觉得这应该是他们国家的一个特色。"房东说。

"所以在中国,没人知道Papa是谁?"巴西房客的女朋友问。

"那么他到底是谁?"我有点失去耐心了。

"你昨儿个去梵蒂冈没看到一个穿白衣服的老头?"房东说。

"看到了。照片到处都是。"我说。

"就是他。"房东说。可这话说了和没说一样啊。

"那么,Papa究竟是个什么东西?"我放弃了。

我掏出手机,埋头搜索了一下,才终于搞清楚他们说的是现任天主教教宗方济各,也就是那个无处不在的男人。别说现任教宗是谁了,实际上我对教宗这样一个物种都没什么概念。教宗、活佛、泰国皇室,三大神秘系统。房东这话倒是没错——"在中国,没人关心教宗是谁。"我说。

"不会吧!他可是世界上最有权力的人啊。他,他就像是……美国总统一样的存在啊!"房东惊呼。

"可是美国总统对我们来说也没什么意义。"我说。美国总统,他太遥远了。(当我于2022年的现在回看这句话时,不由得五味杂陈。)

"难道你们不上推特吗?"房东问。

"我们上不了。"我说。

"呃,好吧。"房东再一次感叹。

我暗自腹诽,罗马人把教宗看得如此重大,很难说不是生活在皇城脚下的原因。为了证实我并没有一厢情愿地代表中国人民,我特地打开百度检索了一下Papa,第一页全是某种妇科产品的广告。为了证实我也没有推论错罗马人的帝都中心思维定式，我又打开谷歌浏览器检索了一下。第一条是棒·约翰的广告，第二条是另一家比萨店的广告，第三条是洛杉矶的一个乐队。

我不由得松了一口气。不是我们离教宗太远了，是罗马人离教宗太近了。

回到几天前的圣彼得大教堂，我终于放弃了继续弄清楚那些塑像的含义，时间已经过去了好几个小时，我仍然在这个偌大的教堂里学习历史，我精疲力竭，一屁股坐在地上——然后迅速被教堂的神职人员制止了。甚至连靠在柱子上也不行，因为"你不知道你自己在做什么"。而且看起来罗马人并不打算原谅这一点。

据说你必须凌晨两点来梵蒂冈才能真正知道什么叫作震撼，但我已经不打算把时间浪费在排队登顶俯瞰整个罗马上了。为了在一点半之前准时到达梵蒂冈博物馆门口，我必须在一小时内解决午饭，可是，你能相信罗马满大街都找不到一家支持银联的ATM机？！我应该把这条放在这篇文章的开头重点标示出来。是的，我被高度发达的信息科技宠坏了。出门不带钱包，出远门不带现金，出国不换钞票。

一通忙乱下来，当我带着被一个帕尼尼填充的胃站在《雅典学院》《圣礼的争辩》和《创世记》面前时，脑中只剩下一个念头：赶紧拍了照片履行一个游客的基本操守然后出去买一个 Gelato 冰激凌吧。据说这附近有一家很不错。实际上你在意大利吃到的任何冰激凌应该就没有难吃的。

到这里我觉得有必要从头开始说说这趟旅行了。为什么是罗马？

好问题。

当我研究完冰岛返程航班后，发现从这个地方无论去欧洲哪里，票价都是一样贵。原本计划中的里斯本首先就从名单上划去了。我提前几个月报名了一个那里的马拉松，一个山地环保马拉松。在路上，当我又一次更仔细地浏览比赛的条款时才发现，环保的意思是，整场比赛没有任何补给，你必须从一开始就自己背上所有的水和粮食。另外，你也必须把所有比赛过程中会产生的垃圾背到终点。由于是山地比赛，耗时将比城市马拉松多得多，有相当一段时间你将进入黑夜。当琢磨完这一切之后，我直接选择了弃赛。十几天前的另一场比赛已经消磨掉了我的全部精气神。现在，我迫切地需要幸福。至于那千把块报名费，就算是为里斯本的环保事业积德吧。去都不去，这无疑是最环保的。第二个选择是再去一趟阿姆斯特丹，但我思考了一番，觉得不应该在没有做出有价值的事之前用吃蘑菇来解决人生困境。现在，事情简单了。那就选一个没去过的地方吧。得是城市，大都市，世界中心的那种。而且要纸醉金迷。

答案已经呼之欲出了。

然而在从住处坐上一辆摇摇晃晃的公交车前往市中心的路上我就傻了。我路过了古罗马斗兽场和古罗马广场，然后假装没看见它们，暗示自己刚刚看见的绝对不是那个世界闻名的历史遗迹，世界新七大奇迹之一。我摇摇脑袋，把这些标签从头脑里摘掉。世界新七大奇迹有七个，世界第八大奇迹却有三十多个。所以有一个笑话说，人们通常认为，世界第八大奇迹是记住了前面那七大奇迹的人。我在威尼斯广场下车，面前是一个插着若干石柱的大土坑，我努力让自己置身于历史之中，构想罗马帝国时期它们原本作为杂货市场的完整样貌，可费了半天劲，眼前仍然只是一片废墟。周围是一片漫不经心的护栏，潦草地申诉着它们的地位。这片废墟完美融入了它后面同样很有历史感的居民楼，简直让人搞不清哪个才是真正的遗迹。圆明园好歹不在胡同里啊！

后来对比在墨西哥城的经历，我才意识到罗马人或许是心太大了。在墨西哥城，重点遗迹都修建了华丽严密的防护性工程，辅之以博物馆式的导览设计，配合学者们的研究和考察成果，深入浅出地为游览者进行知识读解，彰显着那些看上去普普通通的残垣非同寻常的历史地位。而在罗马，这些石块仿佛无足轻重，就像是家门口的一个露天游乐场。

对罗马人来说，吃可能更加重要。我迅速把在北欧吃下去的体重吃了回来，火腿、冰激凌、提拉米苏，样样都可以让人立刻发福。我确实得到了幸福。当我酒足饭饱手持一枚巨大的Gelato在老城区散漫地游逛，准备好好看看这个城市时，前一秒我还感叹罗马也没多少人，转个弯就被乌泱乌泱的人群惊掉了下巴。如果不是许愿池还露出了一点点池水的边角，谁也看不出那到底是个什么东西。拍照就别想了，你绝对不可能找出一个只有你和许愿池入画框的拍摄角度。

后来我才发现这是你在罗马任何一个著名景点都会遭遇的场景。就连奥黛丽·赫本摸过的那个小教堂门口的张着口的傻乎乎的雕像，都要排着长队才能东施效颦。Papa应该感谢《罗马假日》，如果不是因为它，世界上将少了多少来到此地并认识到他的重要性的人啊。

至于我为什么连这里都造访了——

是的，在罗马待到四天以上你就会像我这样，陷入一种巨大的自我怀疑，我为什么只能不事生产地坐在这里发呆？除了发呆，你找不出别的事可以做了。

我就是这么坐在卡拉卡拉浴场的废墟上发呆的。抬头是巨大高耸的浴场废墟，你得通过导览牌上复原的图像才能明白：哦，这里是曾经的一扇大门；那里是一扇窗户；别看这里什么都没有，当年它可是一道墙壁！

我就那么坐在地上，与尘土同在。有时候我决定拍拍屁股站起来，从赛马场这头走到那头。有时候我会在地上坐很久。几乎每天我都会路过同一段市中心的街头，那是通往西班牙广场的一条主干道，继续走下去，你能看到两边是各种奢侈品的店铺，它们异常低调地开在这条并不宽裕的路上。如果止步，你能看见这个岔路口有几个年轻男孩在跳街舞。他们每天都在。我每天都会在这里坐下来，看一会儿他们跳舞。有时候是捏着一枚 Gelato，盖着厚厚的奶油。他们跳得好极了，而且不知疲惫。每天他们的 T 恤都因为街舞中的地面动作而变得很脏，不过如果你不是像我这样坐了许久，就不会发现这一点。

唯一一个匆忙的夜晚是我穿过羊肠小道去赴一个陌生女孩的邀约。她在罗马学古典学，研究希罗多德，我们相约在台伯河沿岸的一家罗马本地菜馆。所谓本地菜馆，就是那里的人没一个懂英语。我也头一次搞清楚了洋蓟的正确吃法。我们一开始都对这个约会感到棘手，结果却相见恨晚聊到了饭店打烊。从餐馆出来已经是午夜，台伯河两岸亮起了露天餐厅的夜灯，人头攒动，热闹非凡，年轻的人们在音乐声中摇头晃脑挤做一团。我突然明白了晚餐时，这个女孩神采奕奕地描述着对生活、古典学和罗马这个城市的理解。在那样的光彩里，不可能没有爱。我们开车穿梭在夜晚的罗马街道上，她一路向我指出这座城市里她生活的那些航标。

分别时她不好意思地说："其实我本来非常抗拒出门。"

"其实你要是不联系我，我已经打算假装忘了这次约会。"我说。

斗兽场回荡着我们的大笑。

此刻我站在蒂沃利镇的主干道上。我已经连续问了五个人，也还没弄清应该去哪儿买一张开往哈德良别墅的大巴票。我甚至已经跳上了一辆大巴，却因为没有票又被赶了下来。司机坚持不收现金。

我把这个意大利的丰都尽数看在眼里，然后把最后一颗车厘子的核吐到手上，扔进垃圾桶，沿着主干道向来时的路走去。我决定好了。

我要回罗马。

2016/10/13，北京

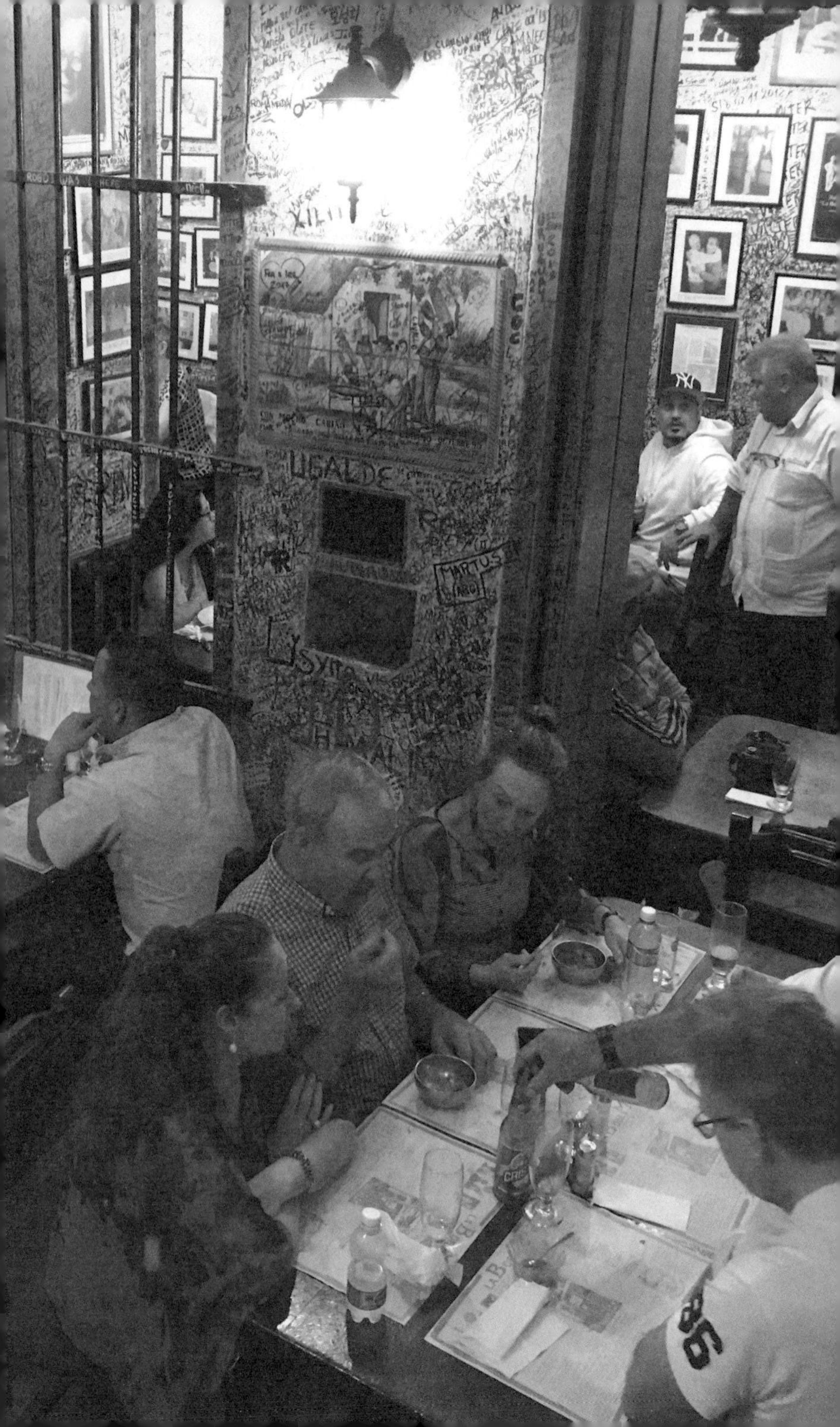
UGALDE
MARTUS

哈瓦那
Havana

我突然意识到,时空是不均匀地分布在这个世界上的,在不同的纬度,时间流动的速度并不相同。当我们借助工具在不同经纬度跳跃的时候,也就确然拥有了穿越的办法。

➡

从哈瓦那机场一出来我就蒙了。

我是说，我已经做了一些有关这个国家的功课，知道它是社会主义国家，上网很不方便，城里几乎没有物美价廉的酒店，在爱彼迎上订房时，需要填写"你是哪国人""为什么来古巴""是不是美国人""待多久""来古巴是否为了援助社会主义建设"这样的问题。这些细节足以让一个中国游客对这个遥远陌生却又在某种程度上有些亲切的国度产生几分疑虑，甚至是一些不安全感，因而做足了心理准备。然而从机场出来时，我还是傻眼了。这是一个国家首都的机场，看上去却同我去过的那些第三世界国家叫不上名字的城市的机场差不多破落。商店的店铺招牌脱落，墙纸斑驳，哪儿都是坏的，无人维修，公共设施形同虚设……

按照每一次降落陌生地的经验，我照例先找ATM机取钱，再找地方办手机网络，然后找合适的交通工具，前往城区订好的住宿处。机场只有两台ATM机，取钱需要填写烦琐的表格，因此有工作人员专门在一旁服务。在取钱这一关我侥幸吃到了社会主义兄弟国家的红利，可以用银联卡直接取现。一旁，美国人已经排起了长队，在他们的注视下，我很快取好了钱，接着打听哪里可以买到上网卡。在一个网络不通的国度，网络变得更加重要。

在古巴，你没法购买一张可以直接上网的手机卡，想要上网，就必须先在当地购买一种名片大小的上网卡，刮开上面的用户名和密码，再到有 Wi-Fi 热点的地方，通过用户名和密码接入网络。一张上网卡可以上两小时网，2 至 5 美元不等——售价如何全凭运气。

按照工作人员的指示，我来到了机场对面的办公楼——那实际就是一排平房——去找专门售卖网卡的办公室。整个过程神秘得像是我要去买海洛因，或者枪支军火之类的玩意儿。正在我晕头转向的时候，一位热情揽活的小哥问我要不要出租车。

"不要，"我说，"我要网卡。"语气强硬。

"啊，网卡，我知道在哪里买。"他仿佛丝毫不介意我不搭他的车这事儿。我犹豫了一下，然后默许了他的热情，跟在了他的后头。

绕了几圈后，我们终于找到了那间传说中的办公室。他进去帮我打听了一下，然后建议我不要在那里买网卡，因为城区更加便宜。嘿，我心想，这人还挺实在。我就是这么掉入了销售陷阱。"好吧，既然这样，你的车在哪儿？"我问。

跟在小哥屁股后头往停车场走的路上，我心里仍然隐隐担忧，这揽客方式也太像黑车了。我已经开始后悔了，为什么我不能谢绝他的好意，自己去找那间办公室？当我们走到他停在停车场的刷着出租车公司标准油漆的车辆旁，我心里的石头才落下来，紧接着，他又让我提心吊胆起来："稍等片刻，钥匙在我父亲那里。"

啥玩意儿？我又开始嘀咕了，这到底是不是正经出租车啊？很快我就会认识到，在古巴，你得把正经这个词从脑子里提溜起来，有多远扔多远。

过了一会儿，一个胖乎乎的黑人捏着钥匙走过来，朝我点了一下头，然后打开车门，坐上司机的位置，他儿子坐上副驾驶的位置，见我站着不动，才补充道："我们是家庭生意。"我满腹疑云，但还是坐在了后排。等车驶出机场，仍惴惴不安。小哥说，他父亲不会说英语，所以才需要他陪同。假如乘客有四个人呢？副驾驶谁坐？我心里想。接下来，这对父子开始了西班牙语的家庭式闲聊，不再关注我。他父亲打开了车上的音响，欢快的雷鬼乐充满狭窄的车厢，他父亲一边开车一边随着音乐摇摆起来，直到这一刻我才突然安定下来。不安全感消失了。会听雷鬼乐的人应该不坏吧？我心想。

出租车载着我一路向市区前进。出机场后的一长段路都是荒郊野岭，路修得并不好。我们路过了公路旁的农场和简陋的民房，色彩饶是鲜艳，但满眼仍是贫穷。这种情况一直持续到汽车驶入哈瓦那老城才好转起来。

路过革命广场的时候,我看见正中央 17 米高的何塞·马蒂大理石雕像庄严肃穆地伫立在那里,这是古巴最著名的革命领袖和诗人,哈瓦那机场也以他的名字命名。雕像后面是 142 米高的瞭望塔,这是哈瓦那最高的建筑。广场南侧是古巴最高权力机构古巴共产党中央委员会,劳尔·卡斯特罗办公的地方。北侧是古巴内务部和古巴通信部。内务部的外墙上有巨大的切·格瓦拉像,以及切·格瓦拉的名言"永远走向胜利"(Hasta La Victoria Siempre)。通信部墙上的头像是另一位革命司令卡米罗,他与卡斯特罗当年共同领导了古巴革命并取得了胜利。

这一幕让我立刻进入时间回旋中,自此之后,我在哈瓦那的几天都像一个找到了时间穿越方法的幽魂,在另一个地理空间上回到上世纪 90 年代甚至是我未出生的 80 年代的中国。

1953 年 7 月 26 日,以菲德尔·卡斯特罗和劳尔·卡斯特罗为首的约 160 名革命者,攻入了圣地亚哥的蒙卡达兵营和巴亚莫兵营,打响了古巴革命的第一枪。1959 年 1 月 1 日,起义军进入哈瓦那。次日,宣布成立革命政府。两年后,美国与其断交,并开始对其实行长达五十多年的经济、贸易和金融封锁。这是我们可以在官方资料中看到的古巴历史。可当它以生活的样貌真正出现在你眼前时,你仍感到震惊万分,发现自己从未理解这些话的意思。

我住在老城区中心的一间家庭式经营的民宿里，下楼一转弯就可以来到哈瓦那大教堂。当车子在老城区中心的石板小路上摇摇晃晃地驶过时，眼前充满活力和历史的缤纷色彩的旧城让我惊艳万分，得等到下车步入那栋无论在照片上看，还是真实外表都充满古巴风情的典型古旧建筑之后，才会通过房子暴露在外的红砖、四挂的电线、陈旧的家具，发现它的内里是如此窘迫。我在老城晃荡一圈之后，目之所见，无不如此。那些壮观的建筑内部，几乎是以废墟的面目呈现，楼梯崩塌，壁断垣残，它们就那样触目惊心地存在着，无力也不在意似的展现自己的颓败。

我在一家曲径通幽的家庭小窗口买到了上网卡，几乎是迫不及待地回到自己的房间，想要和文明世界取得联系。一等到连上网，我就开始疯狂搜索，试图搞清楚这个国家为何如此神秘。维基百科说，1996年开始，古巴通过卫星信号提供网络宽带服务。在这之前，任何试图扩大古巴互联网连接的举动，都需得到美国财政部的许可。由于卫星接入昂贵而缓慢，且政府态度谨慎，长期以来互联网发展极慢。现在，古巴的互联网连接率排美洲最末，约16%的古巴人使用网络，其中多数都只能在指定的单位、学校或青年计算机俱乐部上国内的局域网，仅有2.9%的古巴人能在国内不受限制地浏览世界各地的网页。为了提高网速，委内瑞拉、古巴和牙买加三国还合建了一条海底光缆。

当我走出房间,同这个家庭民宿经营者的侄子闲聊时,我忍不住抱怨:"为什么你们这里上网这么困难?没有互联网你不觉得特别麻烦吗?"他说:"你知道,是因为美国。"那句话中包含了某种客观的正义性和并不在乎的乐观,仿佛他们从来都是这样,早已习惯。他是家庭中唯一会讲英语的人,因此负责接单和与客人沟通。此外,我只见到过一次家庭的主人,那是一位年长的女性,戴着眼镜,白人,平时客厅就是她的办公区。见到最多的人,是负责清理打扫和准备餐食的黑人女佣,她只会说西班牙语,喜欢抽当地最土最便宜的那种没有滤嘴的烟。她每天勤奋地很早起床,然后活力满满地开始一天的工作。有一天,我找她借了一根烟,我们一起在阳台抽了一根烟,那时候我突然体会到存在于古巴人身上的那种天然的快乐。这种快乐是街对面粗糙的酒吧用劣质音响播放的震耳欲聋的牙买加音乐,是街头巷尾倚靠在自己闪亮的老爷车旁身着廉价而亮眼的西装冲相机镜头露出两排牙齿的司机,是每一间没有菜单的酒吧里都有的自由古巴和莫吉托,也是那些不解地拉着一堆又一堆的游客去远离城区一小时车程的海明威故居的向导在一旁等候的耐心。当我开始找到这种快乐之后,我不再购买上网卡。

物资紧缺的古巴至今还实行着配给制的经济原则,因此,在老城区里,你能看见记忆中熟悉的景象:人们在布店、食品店、商店门口排着长队,手里捏着各种票券,等候商铺开门，购买日常所需用品。而所有的店铺依然是上世纪八九十年代中国商店的样貌：稀少而简朴的货物放在玻璃柜台内，或是后排的货架上，需要向营业员指出要哪样东西，它才会被从货架上取下，放在你和营业员之间的柜台上。几乎没有什么快餐店，倒是有类似美食广场那样的综合食品店铺，走入后，既有卖汉堡、肉类简餐的柜台，亦有卖各种生肉熟食的外带柜台；而在排着长队的那个狭小的地方，会有一个店员从一个大桶内取出一袋一袋的牛奶，与居民手中的奶票交换。

是的，在这里，即便有钱你也买不到太多东西。而我居然在一家小小的杂货店买到了棉条，实在超出了我的期望。虽然只有独独那一种品类，已令我足够惊喜。看样子那包棉条并不是当地居民会购买的东西，因为包装上蒙满了灰尘，似乎放置已久，无人问津，好像写着资本主义四个大字。城区最高级的服装店是一间橱窗里展示着各种棉质的纯白衬衣和裙子的店铺，走进去之后，目之所及所有的衣服都是白色棉布制成，像是供应给最上流的顾客。讽刺的是，服装店的旁边就是一家小小的纺织厂房，透过窗户，能看到穿着纺织工服的各种肤色的男工和女工坐在缝纫机前，专心地踩着机器。这一幕实在太过荒诞。更荒诞的事情是，从南美一路北上到达古巴的我，在巴西、秘鲁和智利都几乎见不到什么中国游客，在古巴却见到乌泱乌泱的中国人，有些是美国上学过来玩的学生，还有很多则是从国内专程飞来。这让我怀疑自己是否应该在填写来古巴的理由时，选择"帮助支援社会主义建设"那一项。

游客最多的地方并非哈瓦那大教堂、圣弗朗西斯科广场或是博物馆——所有这些公共建筑无一例外地破败，博物馆更是一个完全的卡斯特罗和切·格瓦拉的人物崇拜资料展示中心，没有任何艺术作品，因此游客们全部集中到了这个国家和城市另一个最有名的人物的相关遗迹之处：海明威最爱去的酒馆、海明威住过的酒店房间、海明威的旧居、海明威第二爱去的酒馆……

海明威最爱去的五分钱小酒馆，如今每晚人满为患。人们挤在窄小的一楼吧台，酒保飞速调制着一杯又一杯莫吉托，一个人就是一条流水线，乐队不得不和酒客们分享一块热闹的空气。我在这里遇到一个来自波士顿的古巴白人，她幼年随父母搬到美国，但亲戚们还留在这里，于是不得不常回家看看。她带着厌恶却又无法抽离的口吻谈论着家乡和美国，那种浑身无法掩饰的优越感，令我猜测她应当是在金融界工作，喝完一杯莫吉托后，她快速离开了这个地方，像是完成一项不得不履行的义务，好了，现在她得回家应付那些扫把星亲戚了。

乐队的成员在演奏休憩时发现我来自中国，其中一位神秘地掏出手机，跟我说："我是一个从来不和别人合影的人，这辈子只合过一次影。"他打开一张照片，展示在我面前，我还没有发出任何惊奇之声，身旁的一位法国哥们儿先喷了。"你也认识他？！"我问。"当然了，天下何人不识君。"他说。那是一张乐队所有成员簇拥着我们国家领导人的照片。事后我找出新闻确认了这张照片的真实性，不得不迷失于六度人际关系理论的一次奇妙的验证中。

一年前，古巴终于有了第一家五星级酒店，在哈瓦那市中心一个被联合国教科文组织列为物质遗产的古老建筑内。隶属凯宾斯基集团，名为曼扎纳大饭店。这也是古巴的首座欧洲风格的建筑，后来被改成国营百货商店和电影院。为了将其改造成酒店，凯宾斯基连锁酒店公司花了好几年时间修复这座建筑的破损部位。这一切都是古巴现任领导人劳尔·卡斯特罗对私营企业和外资企业放宽限制的结果，因为2016年古巴的国内生产总值出现了二十年来的首次下滑。另一方面，古巴也希望借助经济改革来改善与美国的关系。但紧接着，特朗普就颁布了一项禁止美国公民前往古巴旅游的禁令。从美国到哈瓦那没有普通的民用航班，但有航班往返加拿大，以及西班牙、英国、法国、德国等欧洲国家。中国出发，需要先飞到墨西哥，再从墨西哥城或坎昆转机。

由于没有私营经济，在古巴的大部分餐厅吃饭，你没法使用信用卡，吃饭就变得有些麻烦。和民宿的女佣熟络起来之后，我偶尔会借用他们的厨房给自己弄顿吃的。材料也统统是蹭的，煎一块肉，煮一杯咖啡。哈瓦那谈不上有什么美食,这里虽然靠海,可物产实在匮乏。

有一天,我去城里最好的一家餐厅吃饭,司机将我放下时,我差点以为下错了地点。餐厅在那栋建筑的第三层,一层二层均是空荡荡的鬼楼,我反复确认才被告知还要继续往上。餐厅最著名的菜肴是红烧牛尾,味道的确不差。可他们甚至拿不出成套的餐具:每个酒杯都不一样,高高低低地摆在餐台上,有一些看着像是很久没有用过。我像是从未来穿越回来的陌生人,在餐厅的长廊中缓步,手拂过之处,墙土会如齑粉脱落,打一个响指,眼下的一切将灰飞烟灭。我突然意识到,时空是不均匀地分布在这个世界上的,在不同的纬度,时间流动的速度并不相同。当我们借助工具在不同经纬度跳跃的时候,也就确然拥有了穿越的办法。

离开古巴前的一天,我去老城区对岸的海边看炮塔城堡。回来的时候,路过海边,司机将我放下,这本不包含在他的义务导览范围内,但我明白他将我放下的意图,那是我见过最美的海洋的颜色,加勒比海蓝。

2018/11/8,北京

VODAFONE 37. İSTANBUL MARATONU
VODAFONE 37. İSTANBUL MARATONU
15 KASIM NOVEMBER 2015
VODAFONE 37th İSTANBUL MARATHON
İSTANBUL BÜYÜKŞEHİR BELEDİYESİ
VODAFONE 37th İSTANBUL MARATHON

小孩子的游戏

Children's Games

我向白夜静止的东京塔跑着,
我向空无一人的浅草跑着,
我向昂贵零售的人间尽头跑着,
也向你生命的中继发出诚挚的邀请:
一起玩吧!

➡

"你到底为什么要跑？"

28公里之后我幡然悔悟，把耳机拿下来缠好塞进口袋。太寂静了，实在是太寂静了。这是伊斯坦布尔的沿海公路，左边看过去是马尔马拉海，对岸是亚洲部分的新城区，无论藏在这个城市的哪里，每天你都能准时听到四次祷告。

32公里之后我开始咒骂自己脑子有病。不是有病谁会来跑马拉松，任由自己被一种圈定的规则束缚在一种定制好的痛苦里头，髋骨钻心疼痛。由于主办方的失误，跑到后面完全没有一点补给——仅有的香蕉和能量胶都被跑得快的人吃了个一干二净。我饿得头昏眼花，盯着路面上每隔2公里就会出现的一块香蕉皮、能量胶包装残骸，试图发现什么奇迹：也许有人没吃干净。到了最后5公里连水站都没了，我真的开始捡路边被丢弃的、水没喝完的瓶子来补充水分。这时前后已经很少有什么同伴，你可以不用顾忌他人的目光。更让人绝望的是你发现那些举着标示路牌的人开始收工——你看着一块写着"37km"的牌子正在朝你的方向移动，于是你开始推测，到底哪里才是真正的 37 公里处？

荒诞。

你到底为什么要跑？

是啊，我到底为什么要跑。这个问题我问过不止一个人。

"你为什么跑步？"

"健身。""提高精力。""寻找一种良好的生活方式。""村上春树。"

有一次是我出于故作聪明，和朋友讲述一个跑马的人的故事，"应该是因为失恋"。

"那好像没啥意思。"

"是啊，只能做爱情片。"

"嗯，不够传奇。"

"我再挖掘挖掘。我的想法是做公路片，荒诞喜剧。"

"那一次马拉松的体量似乎不够。"

"所以我打算选择越野马拉松。或是超马，那种跑几天几夜的。这样就有故事了。"

"最好有特殊性。"

"南极马拉松怎么样？"

"那拍摄难度就大了。"

你看出来了，实际这不是我的什么朋友，而是我工作上的伙伴——说甲方更贴切点儿。我正试图卖一个马拉松电影的概念给他。计划是两年内启动这个项目，一年内搞定剧本。

但首先，我得去跑一场真正的马拉松，而不仅仅是认识那些跑马拉松的人，和他们吃几顿饭，听一两个不知虚实的故事。有时候我也不知道我是为了杜撰而去生活，还是为了生活而去杜撰。这两者也许并没有什么区别：我觉得自己几乎没有在生活。这有点儿像我喜爱的小说家乔治·佩雷克，"他创造出了一个无比庞大的词语世界，以部分地弥补自己已永远失去的那个真实的世界"。

所以我得问问，不是问别人，而是问自己。你到底为什么而跑？

"为了发朋友圈。"

我会狡猾地逃避掉所有认真的问题。因为我比较幽默。幽默的人没有弱点。所以我比较幽默。还有一个原因是我从小看多了周星驰。我觉得世界上只有我才能理解周星驰，只有周星驰才能理解我。

还真的是为了发朋友圈。一报完名，就开始酝酿半年之后完赛的这条朋友圈怎么发。这半年来，文案换了得有一万多种。感谢名单都提名了若干种，不能绕过的是周杰伦，感谢他每天陪我跑一万米。我也不知道为什么跑步要听周杰伦，但不得不说，当你跑步时听周杰伦，你会觉得自己是个偶像。我每天都觉得自己是个偶像。

没想到遇上前一天巴黎恐怖袭击，阴影笼罩整个欧洲大陆，挟带我们的东道主——浪漫审慎主义、神秘缺省放荡的君士坦丁堡，横跨亚欧的最后一片神话废墟。二战前它的大名是君士坦丁堡，在中东，人们习惯称它为伊斯坦布尔。前一天凌晨四点，我在旅馆被朋友们的微信轰炸醒来，假装对此熟视无睹。然而过了一天后的早上在塔克西姆广场集合，世界各地的哥们儿脸上都是阴晴不定。谁也不知道有没有一个浑身裹满了炸弹的异端哥们儿在终点来一发圣战注目礼。两个月前，安卡拉发生了库尔德传统爆炸袭击，然而"伊斯兰国"在伊拉克对库尔德地区的轰炸不遑多让。敌人的敌人也是敌人，这就是中东。我在伊斯坦布尔新城高地试图逃避掉国际新闻式的语气，让清晨的早祷驱散阴影。

你能怎么办呢。在命运被交付给波澜壮阔的人群和等待发令枪响那一刻之前，你唯一能做的事就是热身。或者用一里拉和辛苦跋涉至博斯普鲁斯海峡大桥欧洲这端的小贩们换取一块面包，一杯咖啡，一块能量胶——如果知道后来的补给压根儿轮不上自己我真该这么干。

然而恐惧的极点也就是聚集在博斯普鲁斯海峡大桥等待发令枪响前的那几十分钟了，除此之外是自我感动，觉得谁都不能与这些人为敌，这些跋涉千里到伊斯坦布尔来跑马拉松的人，这些闲着没事儿干大费周章跑来收集 PB 的人，这些幻想跑完这场马拉松就会改变人生、重练技能树并奏起浩瀚音乐的一筹莫展的人生赢家。谁和他们为敌谁就简直是打对了目标。这是一种被国际体育精神欺骗的自我感动，大概和一个非球迷在巴塞罗那的巴萨主场诺坎普看巴萨集锦视频的感受差不多。因地制宜，此时此地此刻，此身需要感动。一种中产阶级式的虚无尽头、破釜沉舟的自我陶醉，被无穷无尽的代码和擦地购物婚姻所摩擦掉的存在感。

为什么要跑马拉松？

现在我可以回答你，因为我需要自我感动。

当你以6分钟/公里的配速上路，并坚持过了开头的10公里，你开始感到你是一个偶像，一个英雄，一个每天看见凌晨4点的洛杉矶的科比，最后的0.6秒前三分远投封神的库里，在阿瑟·阿什球场平躺着和被击败的对手握着手等待救援的阿加西，一个忘记此刻赛道上还有别人的人，你感觉自己和别人不一样。你感觉自己至少此刻不能死于人体炸弹。

然而过了25公里你会彻底打消这些念头。你开始盼望有个什么人出现在道路两旁，无意识选择了目标，用一发子弹将你射杀，好结束这竟然还有差不多半程要跑的比赛。生理痛苦从若隐若现到猝不及防，而你根本就没法停下来走——走比跑还要痛苦。当我跌跌撞撞勉强在左边是马尔马拉海太阳高照的公路上跑着时，让我倍感煎熬的是知道一会儿还得从尽头掉回头来再跑一段右边是马尔马拉海的同一段公路。

是的，当穿过博斯普鲁斯海峡，跑在抵达塔克西姆广场前的10公里时，我的心情是如此辉煌，不可战胜的英雄主义泛滥。穿过加拉塔大桥和10公里赛程的选手们告别，不远是耶尼清真寺、海风、鸽子、桥边钓鱼的渔夫、路边加油的小贩，如同童话故事里刚刚上路要去很远很远的地方同巨龙战斗解救公主的骑士，我们知道尽管尽头是凶险和痛苦，但在故事的开始他一定会遍阅美景，收获友谊，采摘风信子、蜂蜜和野浆果，和动物称兄道弟。

然而真正的马拉松是从 10 公里之后才开始的。从老城区穿越一个来回，你将看到游客们看不见的景象。这里商铺骤然减少，只有破落的房屋和无人问津半开半闭的维修铺、小商店，脏兮兮的孩子会试图和你击掌，这会是他今天最开心的事，他会在饭桌上念叨一整天。嗨，爸爸，我今天和一个中国人击掌了，当时她在跑步，我觉得她看上去还行，也许跑马拉松这事儿没想象的那么难，你说呢，爸爸？

然后他父亲会给他一个暴栗，去帮你母亲洗碗，蠢货。

也许并不尽然如此。这会是在叙利亚和伊朗，但可能不是在土耳其。在这里，每个五十岁以下的雄性都渴望和你发生一段爱情，五十岁以上的男性则温和而酷，且乐于助人。我从地铁站出来遇到的第一个老头就是这样和我打招呼的：你好，孩子，你看起来需要帮助。对，你说得没错。我就知道。然后他带着我找到了去往体育馆领装备的正确方向，我借此了解他的一生：在德国、美国和葡萄牙待过，做过医生和老师，现在……嗯，他没有说，只说这一片是伊斯坦布尔的富人区，语意里有某种不屑——一种的确像是在自由主义国家经受系统熏陶的左派自嘲。尽管我觉得没有他的帮助我可能会更快地找到目的地。但是你知道，中国人总是需要帮助。

后来我在安塔利亚遇到的一个明星级别长相——他们那儿总是有明星级别的长相——的土耳其地毯商显然要务实很多，当我试图套问有关他婚姻的情况时，他总能把话题转到他的地毯生意上。他的地毯是人工织就的，每平方米是多少针，那些棉花要经过多少道工序的浸染，某些特殊材料的地毯花纹又是多么宝贵等。我不急不躁地听完他介绍这些，心想要不是你长成这样谁有工夫听你说这些。

除此之外的所有人都显得过于热情了，让你有种身在十六世纪法国的错觉，寻欢作乐是生活唯一合法的目的。

然而那也不是真正的伊斯坦布尔。当你逐渐远离城区，跑上没有人迹只有大棚、岩石、围墙、野地的公路，而另一边新修的工地拦住了大海，一切变得乏味起来。就像跑过了20公里的马拉松，你的肌肉、骨骼、神经开始超出它们计划外的抗压能力，生理性疼痛开始考验你的意志。你开始渴望跑出这条没有尽头的轨道，翻越栏杆，跑向大海，然后纵身跳进去。

但你知道你不能。

你还想看一看终点的蓝色清真寺和圣索菲亚大教堂，苏丹阿赫迈特广场前一天卖 Pretzel 面包的小贩和做社会调查披着头巾的女中学生是否还在。于是，跟着一名熟知赛道的土耳其老头选手，你发现自己意外跑进了托普卡比皇宫的花园，游客和行人在林荫道上向你走来，对你的出现并不意外，他们结伴而行，窃窃私语，像往日一样谈论阳光，你感到一切都是如此平静自然。那种眩晕的感觉消失了，在人群之中你觉得自己并不特别，远处穿透树叶洒在草地上的日光让你感到温暖。老头告诉你，终点不远了，你看，前面就是皇宫花园的大门，穿过大门你会沿路而上，然后看到清真寺，那里就是终点。

你点点头，这将是你最后一次跑马拉松。

然后你来到了东京。

三个月后，你又一次站在了起跑线上。这里是都厅，东京政府总部，新宿区西新宿，柯南剧场版第一部引爆摩天大楼的原型，站在四十层你可以看见新宿御苑、大皇居、明治神宫、代代木公园、东京塔、晴空塔。天气晴朗的话，向东北方眺望，你还可以看见富士山。

——而站在45层已经是两天之后的事了。你和从世界各地召唤来的伙伴们再一次聚在了一起，履行一个约定。那一天傍晚你们从东新宿的住处出发，那可真是一个大房子，像你小时候渴望的热闹的地方，每当热闹起来的时候，你就会偷偷溜出去，爬上家附近废弃的天线塔躺着数星星。后来你长大了，在你日复一日的失败践行里，星星从未离开过你。

你们走了很久的路，带着饥肠辘辘的胃在寒风中跟随谷歌地图，在夜色下穿越了长长的地下甬道，最终呈现在你们面前的，是这栋看上去其貌不扬的双子建筑：你高兴地大叫，看，这就是我前天跑步的起跑点。

此时我站在人头攒动的起跑点，必须非常艰难地穿过世界各地的选手才能走到寄放衣服的地点，必须非常专心才能找到自己的号码所属的起跑区域，必须等待十分钟以上才能在发令枪响之后顺着人潮慢腾腾挪到起跑线。世界六大顶级赛事之一的东京马拉松，人实在是太多了！

除此之外，和你跑过的其他马拉松不同，东马更像是一场欢声笑语的流动的盛筵。当我甩掉狭窄道路两边的低矮房屋，转过一个大弯，驶入眼帘的是一幅巨大而二次元的新宿入海口，这画面从曾经看过的无数日本电影和动画而深藏的潜意识里蹦出来，微笑道，欢迎来到东京。

东京，消费主义伊甸园，个人主义集体负责乌托邦，在这里待三天你就能从文明顶端开始产生红蓝药丸虚无感，类似《模拟人生》(Sims) 开作弊器连玩三天。比赛前两天我走在巨大荒芜、人满为患的涩谷、新宿、池袋，开始分清 Asakusa（浅草）和 Akasaka（赤坂）。

此时，当所有那些高楼大厦和穿插其间的高空轻轨再一次在我面前缓缓展开，阳光不疾不徐打在我轻薄宽大的外套上，道路上除了打扮成各种二次元形象的运动员外没有任何人，街道旁的路人则全部挤在栏杆外，没有人对鳞次栉比的Gucci、MCM、山本耀司有兴趣。高楼也在望着我们，人行道的树木也在望着我们，花花绿绿的招牌也在望着我们。远处的马路起伏不定，像能连到天边。我感到自己置身于《盗梦空间》，这里是第三新东京市，只要你不停下来，就可以翻覆云雨。

我像来到新世界的过客，眼前的一切对我来说都过于新奇了。我意识到自己并不是在参加一场马拉松，只是一名观光客，在以一种匀速小步伐出汗。更何况除了魔幻现实的大都市实景之外，道路两旁还有形形色色的大型表演：传统的日本歌舞，现代的交响乐队，哪怕就只是某财团员工的集体摇摆。我从来没有见过哪场马拉松能把整个城市的人都调动起来。如果不是急着想看后头还有什么，每场加油鼓励的演出都几乎要让我驻足观赏。

但你不能停下来。因为一旦停下，你可能就要被路旁热情地带着自家制作的饭团、在便利店买了红豆小面包和糖果的市民围上，然后热情地让你从他手里拿走些什么——现在你终于明白我说的流动的盛筵是怎么回事了。东马是一场大型动物园开放走秀，所有选手都是被投食的动物。二〇一六年二月二十八日这一天我是一匹奔跑的小马，吃到了紫菜梅子饭团、明治巧克力、豆沙面包、牛奶饼干、杏仁果脯和许许多多小朋友手心里五颜六色的糖。

为什么要跑步？为什么还要继续跑步？为什么在你发誓最后一次参加马拉松之后又头也不回地从北京回到了家，又从家来到了上海，并坐上一架飞往日本海的空客 A320？

你满可以回答，是为了玩。这总比单纯地跑出去满世界玩要有意义，不是吗？你满可以回答，是为了集邮。没有谁在收集到第一张邮票后会停下来。你还可以这么说，因为你感到抑郁，而"科学研究证明，跑步产生的内啡肽可以让人快乐"。

你还可以把真相说得更吓人一点，是为了——自我拯救。如果不跑步，你很可能活不到二十七岁。你虚无透顶，无聊至极，生活里已经没有任何一件事能激起你的半点儿兴趣，没有一个新奇的生命能燃起你的一丝好奇。你假装自己活着，学习人间的规范，佯装是个正常的人类，有七情六欲，好求知叙事。但你十分清楚如果不做点儿什么，你很可能活不下去。所以你开始跑步。你已经把马拉松的日程排到了次年的十一月，不出意外的话，那时你会在南极，在冰川上进行一场马拉松。你必须不能出任何意外，因为报名费非常贵。你必须健康地活下去，至少活到二十八岁。

二十八岁之后呢？

没有谁会在二十八岁之后还考虑死亡的问题。二十八岁就是死亡。

你满可以随便下这个定论。因为你还没有到二十八岁，又因为你实在担心过不了二十七岁这个坎。你害怕自己变老，又怀疑无法长大。是二十八还是二十九又有什么区别？你安然度过了二十六岁，便有理由开始害怕二十七岁。

你想起在维也纳的时候，你去金色大厅听一场演奏会。你坐在金色大厅倒数第三便宜的位置，旁边一个五十多岁的潦倒音乐家带着厚厚的几本贝多芬曲谱，问你也喜欢这个音乐家？你问谁，他说就马上弹的这个，世界上弹贝多芬最好的人之一，你说哦我不认识他，我来是因为这里很有名。过了十秒钟他站起来坐到了另外一个位置去。你觉得你可千万不能变成这样，六十岁高不成低不就、跟二十岁年轻人聊陀思妥耶夫斯基聊不下去的老人。

你又想起你有一个好朋友，我是说，最好的那种，你一辈子可能会有好几个这样的朋友，但是像这样跟你一起写过作业、穿一样的衣服、闹过别扭——这点最重要，因为你后来交到的好朋友，你们可能一辈子都不会闹别扭了——的朋友，可能只有一位，好吧，最多不超过三位。你们计划过很多事，爬雪山，做摇滚明星，开设计工作室，或者仅仅就是，看周星驰的每场电影。但是这里面绝对没有，参加对方的婚礼，喝对方孩子的满月酒，参加对方的家庭年终 Party。在做了她婚礼的伴娘后，你永远不能和对方撒娇说你能不能不要结婚了。你们有好多年都在不同的城市乃至国家，好几年也不能见上一面，然而你还是可以许愿说，我希望我们可以一起去冰岛，去阿拉斯加，去看 Neutral Milk Hotel 的演唱会——你相信总有一天他们会复出的。但是，在做了她婚礼的伴娘后你永远不能收到她半夜贴着星星的回信了。就这样你接受了这个现实，就像你接受了每一个朋友最后都会老去，有些朋友再也不会和你一起去景山看长安街夜灯亮起，另一些朋友和你约定的去后海溜冰最终会以沉默告终，而你只能不断认识新的朋友，试图捕捉那持续仅仅一瞬的纯真，这已经非常珍贵。你没有什么不满。你想起来你也几乎不去看你喜欢的那些朋友写的日记了，甚至不知道他们还在坚持使用博客吗，那些博客还存在吗。但是你仍然在深夜听 Neutral Milk Hotel，这能够召唤出七年前那个谁也没有结婚的下午，再往前推一点时间，你的好朋友才刚刚跟你分享有关爱情的喜悦。现在，在对方给你发可爱的小孩子图片并对你的冷漠感到意料中的小小失望时，你自然还是可以撒娇说，你生孩子了我怎么办呀？对方自然会说，我保证五年内不生！然后，她会微笑着问你，那你向我保证什么呢？你几乎是脱口而出，我保证绝不长大。是，我保证故事才刚刚开始，我保证这一份答卷精彩纷呈，我保证自己绝不长大。

为了这一份承诺——甚至不是为了这一份承诺，是什么也不为。只有小孩子才会什么也不为地去做一件事；只有小孩子才会在马拉松赛道的两旁笑嘻嘻又无比兴奋地朝你招招手，手心捧满酒心巧克力；只有小孩子才会在没有拿到奖牌的时候伤心地哭泣；只有小孩子才会在跑步时想起他失去了的朋友而哽咽难过以至于难以为继；只有小孩子才会相信世界上有超越了爱情和友谊的联系存在；只有小孩子才认为巧合不是巧合而是圣诞老人的礼物；只有小孩子才会被表演吸引而停下脚步，在看到雷门的时候激动地哇哇大叫，和警察局长胯下的马驹问好；只有小孩子才会大声地说出真相，而不是躲躲藏藏。这不是一场马拉松，是一场小孩子的游戏。

伴随着这样的想法，我继续跑下去。我向白夜静止的东京塔跑着，我向空无一人的浅草跑着，我向昂贵零售的人间尽头跑着，也向你生命的中继发出诚挚的邀请：一起玩吧！

2016/3/20，北京

To be Continue

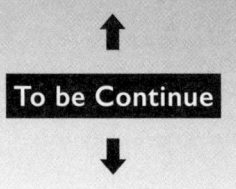

← **Start Again** →